所有那些偶遇

胡成 著

陕西新华出版
陕西人民出版社

献给我的奶奶

目录

001　夜市街

081　咖啡馆

181　小吃店

261　以及所有那些偶遇

355　后记

夜市街

001

夜市里有位卖炸串的老太太，记忆力爆表，每天迎来送往那么多食客，我只去过一次，若干天后再去，居然立刻问我是不是还点第一次的那些食物，并且告诉老伴："他不要辣也不要香菜"。

这简直没有背叛的理由，于是次次都去她家，如此天赋做这样的小本生意，简直埋没人才。

路上是喝大了的两个人，中年人骑坐着电瓶车，斑白头发的老人攥着中年人的手，像攥着即将离去但或许还有挽回余地的情人，身体前后摇晃，大声地在夜色中嘶喊："你就是我哥！你就是我哥！你就是我哥！"

中年人用另一只手努力扶稳电瓶车，一句一句地否定："叔，你是我哥！哥，你是我哥！哥，你是我叔！"

旁边的炒饭摊老板一边炒饭一边看着他们笑，并回头示意食客们注意看戏，结果炒饭已经装盘，才发现忘了打蛋。

食客说就这样吧,老板媳妇忙不迭赔笑给加了颗卤蛋,老板讪讪地笑,媳妇狠狠甩给他一道冷眼。

风里满是油烟的气味。

淮南　2018.03.09 21:45

002

夜市是条丁字形的街。

主街有摊梅菜烧饼,老夫妻俩,有时带着齐炉高的孙子。后来侧街街尾——生意最清淡所在,没有固定档口,容得下新人——也开了摊梅菜烧饼,一切同样,两摊必然是一家。摊主是个二十多岁的年轻人,病态的干瘦。而他确实也是病体,脑瘫,肢体极难协调,学会打烧饼实在不是件容易的事情。照顾过他几次生意,简单地把烧饼装进塑料袋都无比艰难,食客只好自己接过来,递上小钞,再自己从零钱盒里拣出硬币找零。

傍晚在旁边的小摊吃馄饨,看着他揪面剂,擀饼坯,酿馅,再拍进烤炉,一切都很艰难与缓慢,好在顾客不多,也不至于越忙越乱。

不多会儿,主街上的老太太过来了,是他的妈妈,从面案前拉开自己的孩子,麻利地接过他手中的活儿,行云流水，一气呵成——年轻人坐在旁边的椅子上，开心又羡慕地看着妈妈。

一炉烧饼很快售罄，从面盆里捞出一大块醒好的面，正准备继续，那边小孙子跑过来，嚷嚷着："奶奶，奶奶，爷爷让你回去。快点儿，快点儿！"

老太太只好放下手中的擀面杖，返身就走，刚跟在小孙子屁股后面跑出去两步，又折回来，解开围裙给年轻人系上。仰着头，看着宝贝儿子的脸，扯过裙角，抬手轻缓地帮他擦干净一脑门子的汗。

这才碎步跑着去追小孙子，还不时回头。

淮南　2018.04.25　19:26

003

过年的时候，夜市另一条路口新开了一家转转小火锅，将近中年的女主人像拾掇自己的家一样把店面拾掇得干净亮堂。不大的店，座椅只有七八张，菜色也不多，按签计价，便宜的一块钱一签，贵的也不过三块钱，小料免费。

我吃过一次，晚上。

女人的老公显然是刚下班过来帮忙，白领穿着，脱了外套，敬而远之地收拾食客用过的餐盘，小心翼翼地生怕弄脏衣服。儿子趴在餐桌边写作业，见有客人进店，赶紧让座，等待客人选好位置，这才重新坐下，继续痛苦的家庭作业——从表情上来看，父子俩一样痛苦，一样做着不情愿却又不得不做的事情。

上次回来，门外贴着新广告，改成了自助，二十五块钱一位，鲜红硕大的字体透着热情与渴望。店里确实热闹了一些，几乎坐满。

水汽氤氲，没有看见他们的儿子。

刚才我让奶奶独自倚坐在沙发，自己匆忙过去夜市给她买碗馄饨。小跑着回来，路过那家店，二十五块钱自助的广告还在，店门落锁，店内黑漆漆、空荡荡。

他们之前，那是间水果店，水果店再前是家开了很多年的小饭馆。

偶尔我会带着奶奶过去吃午饭，同出小区，同过马路，两三个热菜，一盆汤。奶奶总会觉得太花钱，总埋怨菜点太多，舍不得浪费一点儿。相熟的服务员大姐总是很殷勤，殷勤地迎来送往，我们同过马路回家，或者绕着小区走上一圈，总有阳光。

那会儿多好。

淮南　2019.11.05　18:51

004

一个高高壮壮的老头猛然把自己拍在我旁边的座位上，抽出双筷子，纸巾细细擦着，像是等着烤肉的猎人在磨刀。

老头刚买了两只油酥烧饼，对折，一口四层，痛快地嚼着。不多会儿一大碗猪肉芹菜馅儿的水饺上桌，显然是老板的常客了，老板热情寒暄，末了一句："阿姨今天没过来呀？"

"她想吃臭豆腐，等着呢。"

烧饼与水饺下肚过半，提着一盒油炸臭豆腐的女人过来，看起来比老头年轻不少，却也是半头白发，肤色暗黄，有些憔悴。细细地把臭豆腐盒子外面的塑料袋解开，递到老头面前。老头嚼着饺子，含糊地说："不知道你要等多久，没给你叫饺子，我先吃了。嗯，你要吃什么，跟他说。"

"嗯,说过了。"女人回答她。

忽然凑近一些,女人的手伸过来,把老头嘴角黏着的一块油酥拂净。手没有离开,手心里团着纸巾,指尖夹着纸角,一边擦着油渍,一边小声埋怨:"一点儿没看住你就吃烧饼,血糖这么高,大夫怎么说的忘了?"

才注意到,女人一过来,老头就把烧饼换到远离女人一侧的手上,垂在桌下,攥在手心,不曾再吃。——与其说他觉得能够瞒过女人,毋宁说他只是想对女人的关切表示些尊重。

既然已经被发现,那就继续吃吧,又咬了一口。女人用手指杵了老头的太阳穴一下,然后拢起手,静静地坐着,微笑着等她的饺子,微笑着盯着微笑的老头。

淮南　2019.11.08　19:27

005

夜市水饺摊的少东家这会儿才过来，说中午喝多了，"一斤白酒"。老掌柜的没说什么，媳妇埋怨他："早晚喝死。"已经利索地干起活来的少东家一声叹息："唉，都是领导。"媳妇没再说话，知道是躲不过的酒。

对面的炸串生意最好，冠绝夜市。商标是老妈的头像，但是所有的活儿都是儿子在做。今年几次看见，比起去年来暴瘦，也有熟悉的顾客问怎么回事？儿子用沙哑的嗓音回话："从一百八十多瘦到一百五十多。"嗓音忽然高亢，"哎！二十个鸡胗，记得了，"然后回归沙哑，"没办法，太累了。"

桌子旁边坐着一对母女，面前各有一碗比脑袋还大的面条。看起来还没有上小学的女儿吃得欲死不能，妈妈一次又一次从她碗里分担一些面条过来，直到一起哀嚎，"撑死了。"

摊位前很多女孩子，穿着短裙，肉色的丝袜反射着夜市的节能灯，显得腿长而晶莹。男人走过，忍不住乜斜着眼瞧，身边的媳妇抓着卷饼，一口咬住，仔细着汤汁不要滴在身上，完全顾不上身边的眼。

一条黑色的流浪狗倏忽跑过，不知道哪里捡到一根香肠，忙不迭要躲起来独享。路旁的野狗犹豫着要不要去打劫，又舍不得久候的摊位，有不时掉落的食屑。

大家彼此不同的夜。

淮南　2019.11.16　18:16

006

夜市里有三家炸串,同时做的生意,彼此挨着,味道也一样,可是不知道为什么,其中一家,就是胖儿子从一百八十多斤忙得瘦到一百五十多斤的那家,却占去了生意的八成,余下的两家,一家一成五,一家半成。

我总吃的这家,老太太记忆力好到爆表的,就是半成的这家。我之所以最初来他们家吃,其实也是本着济贫扶弱的态度。好像很多地方都有这样的情形,类似赢者通杀,生意越好,人越多;人越多,生意越好。反之亦然。是不是?

炸串的摊上有个女孩,穿着红色的棉居家服,湿着长发,走来过去,肉香——炸串的肉——与洗发水的气味交替扑鼻。不多会儿又来了女孩,很瘦,极细的腿,穿着过膝长靴,靴口太大,腿像是插在高尔夫球洞里的果岭旗杆。两人认识,后来的女孩说吃完赶紧也去洗澡,问湿头发的女孩:"人多吗?"

江淮之间,有比江南寒冷又比淮北潮湿的漫长冬季,却没有集中供暖。即便自家采暖,房屋又普遍没有保温层,自采的一点热乎气,在家裹着厚衣服尚且难免受冻,遑论洗澡?尤其居住条件欠佳的老小区或城中村,很多人还是会选择去公共浴室洗澡。特别古典的场景,女孩端个盆,装着洗浴用品和换洗衣服,湿漉漉地走出来,擦肩而过的时候,总会闻见浓烈的洗发水气味儿。

长靴女孩坐下来,等着炸串,耳侧抓一缕长发放在鼻下,闻了闻,然后问洗完澡的女孩:"你要不要闻闻?还不臭呢。真的。"

淮南　2019.11.19　18:42

007

出门买药，夜市路口骚动，几个胖男人围着一个胖男人，面色潮红，酒气喷喷。居中的胖男人满头血，一地浸满血的纸巾。

旁边老两口急得跳脚，骑着电瓶车的女人泪汪汪。

周边围满了求知若渴的群众。女自媒体站在水泥桩上，拍照片发朋友圈，发完朋友圈再拍照片，身后的男基本群众盯着女自媒体的腿，白而且长。

片刻警车和救护车赶到，胖男人们上救护车，靠窗坐的胖男人忽然拉开车窗，冲着夜市咆哮，大意是会铲平让他们兄弟流血的仇家。救护车发动急走，夺走了他嘴边的誓言。

我尾随大队警察走进夜市，一转折，居然都站在我常去吃饺子的那家店门口。

门前地上散落着碎碗、血渍，老东家仍在张罗生意，少东家不在。老板娘急着向警察解释，却是语无伦次。少老板娘面色惨白，不愿意告诉警察少东家躲在哪里。

后来在街角遇见少东家，寒暄两句，原来是那桌胖男人喝多了，要走却没给钱。少东家忍了很久提醒结账，一群人骂骂咧咧、不依不饶，于是开打。

少东家破衣烂衫，血迹斑斑，左颞一道寸许的裂口。

淮南　2020.06.11 19:17

008

夜市，一桩短发黑皮四五十岁的男人四平八稳端坐桌前，桌上一瓶半斤装的白酒，酒瓶半空，酒杯斟满。

我拿过他对面的板凳，他说还有人，我忙说抱歉，他呷口酒，略点头，以示宽宏大量。

对面的人过来，是他四十岁左右的媳妇，黑衣粉裤，一双透明凉拖鞋，红色的趾甲油有些斑驳。她捧着一盒烤串，搁在男人面前，还没放稳，一支签子已经拈在男人手里，甩头开口，撸下肉块，又一口酒。

女人却没有坐下，转身离开，过会儿再回来，一盘炒面；离开，回来，一袋蒸饺；离开，回来，一盘油炸臭豆腐。这才坐定。

她像是某种黑羽粉喙的鸟，在虫子大市场给她体积有自己两倍、年长自己十岁的孩子衔来食物。就差嚼碎了啐在男人嘴里。

我打字的这会儿，剩下的半瓶白酒也干了，女人吃了两口就停下筷子，侧着身子，见招拆招地应付男人吹过来的牛X。

有些晚风，一阵油烟，一阵人烟。

淮南　2020.07.01 19:32

009

我滴酒不沾，但是特别喜欢看别人喝酒，当然是烈性的白酒。

小时候家门前的小街，北口路东一片杂货店。店面不大，当中一条木制柜台，台面上摆着几瓮陶缸，红布裹棉的缸塞，年深日久，泛着黑腻的油光。

缸里是新酿的烈酒。廉价的烈酒，原料是白薯干，本地的酒厂发酵蒸馏，附近百步之内，总是弥漫着浓烈的糟香。店里有几只玻璃杯，来喝酒的老人，或者拉板车的壮劳力，要一杯酒，大概一毛钱。老板揭开缸塞，操起挂在柜台上的小号酒舀，一舀，一杯。片刻之间，店里如同暗夜中昙花绽放，弥漫着浓烈的香。

人们爱在店外喝酒。店外一小片空场，空场临街码着三四块废弃的预制板，正好当桌又当座儿。最多买来佐酒的是店里自制的五香花生，大约也是一毛钱一袋。两毛钱，就可以消磨半轮傍晚，直到灯上。

啜一口酒，咧嘴龇牙，五官撮在一起，屏住气。拈几粒花生，拇食中三指一搓，撒开手指，脆黄的花生仁与砖红的花生衣一同滚落掌心，举在唇边，鼓气一吹，花生衣柳絮般飞散。张口，呼气，就势抬手把花生仁扔进嘴里过口，五官舒展，容光焕发。然后重复下一抿辣喉的酒。

大多是在我放学的时候，我就背着书包站在旁边看他们喝酒，觉得那简直是天下最幸福的事情。

淮南　2020.07.04　21:30

010

我其实早就可以吃完我的一小份水饺,但是我慢慢腾腾,就是想看同桌的小夫妻俩和他们的女儿是怎么吃完一张葱花饼、两个花卷、两个狮子头、一根翅包饭、一碗馄饨、一杯醪糟、一碗汤圆、一碗肘子汤、一碗粉丝丸子汤、一份油煎豆腐、一袋酱鸭腿、一整只烧鸡外加一盒水果捞的。

一大碗馄饨,平日里脂粉香的女孩子吃一多半就开始娇嗔,这对夫妻的小胖女儿没抬头就给吃完了,然后淡淡地拈起翅包饭充饥。

男人吃完了上述食物的大半,女人的汤圆还剩下半碗,也给捞着吃了。边吃边说:"太热了,没有心情吃饭。"女人笑话他:"那你心情好要吃多少呀?"男人没有答话,角落里造完翅包饭的胖女儿又恬静地吃起了她的水果捞。

淮南　　2020.07.12　19:41

011

夜市入口有摊烤鸭。夫妻俩,女人挺漂亮的,不笑不说话;男人严肃,高而且壮,总是穿一件迷彩绿的T恤。

生意做了得有十年?印象中无日不在。上午下午各烤一炉,可想而知在家与夜市之间无休无止待了多少日夜。

烤鸭是腌渍入味的,可以空口吃,但是既然名曰"北京烤鸭",所以还要单送甜面酱与荷叶饼。

荷叶饼又是名不副实,不是北京水蒸的薄饼,而是极软的面团在鏊子上粘出的一层薄薄的煎饼。买一只烤鸭送两袋饼,半只送一袋,又是额外的劳作。

傍晚路过,挂着烤鸭的玻璃橱柜里贴着一张大白纸,墨笔大字:"儿子中考,14、15、16三天休息。"

其实对于喧嚣热闹的夜市而言,今天这家休息,明天那家歇业,再习以为常不过。即便想让食客知晓,写张"休息三天"足矣,"儿子中考"完全是冗余信息,陌生的食客管你为什么休息。

  我想,只是夫妻俩忍不住想告诉别人自己的骄傲吧?

            淮南 2020.07.13 18:02

012

夜市另一条路口的牛肉汤店，二三十年的老买卖。

操持生意的老板娘很胖，玳瑁边的高度近视眼镜，说话大大咧咧，走路风风火火，只是步伐越来越碎，毕竟那么多年过去了。

最初是在店外支一张长案，大块的牛肉码好，一把玄铁菜刀，牛尾拂过牛身一样轻快地切肉。牛尾拂去的是牛虻，菜刀拂下的是薄可透光的牛肉片。

她的身边，紧邻着一摊锅贴。两个女人，包锅贴、煎锅贴，忙得脚打后脑勺，但是只要得空，还会过来帮忙打打下手。生意做得像亲密的街坊一样，永远快乐地聊着天，张家长，李家短。

生意最好的一段时光，老板娘的儿子也在店里。儿子也戴眼镜，比他妈妈更胖，二十多岁年纪，烟瘾却极大，一切熟悉起来之后，完全是将要接班的少东家模样。

两三度装修门面，簇新的门头，女人们依然聒噪，快乐地聒噪，一锅一锅蒸腾的肉汤，一锅一锅喷香的锅贴。少东家的未来一片光明。

去年，城市创卫，夜市改造，摊位重新规划，更为密集可以更多收费。包括记忆力爆表老太太的炸串摊，空间陡然变小，食客无处安坐，生意大不如前。许多小买卖家二三十年锱铢积累起来的兴旺夜市，人气忽然就散了。

锅贴店不在了，因为她们只是路边摊。牛肉汤店外的长案撤了，虽然是自家门前的空地，却也不让摆架。汤锅与案板都退回原本局促的室内，没有锅贴的佐食，喝汤的人陡然减少，从来没见坐过的老板娘，一天一天坐在汤锅后面，拿着她以前鲜少得见的手机，在淡漠的热气后面刷着百无聊赖的视频。

也很久没有见到她的儿子过来，少东家的人生规划转瞬成空。

晚上我去喝汤，问起锅贴现在去了哪儿，她回答说不干了。然后聊起夜市改造，因为小买卖家不同意，于是那些人拿着铁锤铁棍强行打砸，直到所有人就范。每个摊位强行做铁架小车，一辆小车收三千块。卖鸡蛋灌饼的老许和我说过，自己去打全不锈钢的小车也不会超过一千块，而他们统一制作的角铁小车却要三千。

"老百姓赚点儿钱不容易呀"，做好我的汤，老板娘坐下，手机放在一旁，抱着手，和我恨恨说起。

她是打算接着和我说些什么，卖锅贴的女人走后，店里店外似乎再也没有过聒噪。

我却不知道说些什么，于是沉默下来。

她空洞地看着店外，店外下着雨，雨中寥落几个行人走过。

淮南　2020.07.17　19:54

013

我最近几天中午都去市场吃盒饭。惯例三盆荤菜，红烧鱼、满满土豆的排骨烧土豆、红烧鸡或鸭子，七八种素菜。自选一荤三素，十块钱。

夫妻俩和他们谁的老母亲三个人经营。男人在后厨做菜，女人打菜收款，老母亲前前后后帮着拾掇打杂。

菜的味道不错，但是肯定不健康，重油重盐重辣，总之目的是让食客能用最少的菜吃下最多的饭。附近的民工很喜欢，再要上一瓶冰啤酒，米饭管够，十二三块钱能饱餐一顿。

生意很好。不过食客抱怨最多的就是等候时间太久。女人三十岁左右年纪，体态丰腴，圆脸盘上总带着笑。问你要哪几样？然后一勺一勺盛在饭盒里，间或按照食客要求帮着挑挑拣拣，不紧不慢，不慌不忙。

中午旁边等急了的大姐，按捺不住，索性快言快语说出来:"你这姑娘挺好的,就是手脚太慢了,哎呀,急死人。"女人并不恼,只是脸颊有冲淡的红晕掠过,然后笑意中带上抱歉,继续不紧不慢、不慌不忙地打菜。

她可能就是快不起来,就像天气不好的日子,索性不出摊,平白让食客扑空,站在摊前惆怅。

来日方长,风雨还多。

淮南　2020.07.22　16:43

014

菜市逛了一圈，既不知道买些什么，过敏又越来越严重，鼻塞耳堵，每一步脚底与地面的撞击都透过骨骼传递到大脑中回荡，周围的嘈杂变得不再真实，人仿佛溺在公共泳池的水底，看着水面上人来人往，声音却如自其他世界传来。

肉价又涨了。上次买梅条肉，一斤也才二十六，今天里脊要价已到三十。半只手掌大小一块肉，二十块钱，老板习惯地又从其他肉身上割了一小片加进去。

卖菜的哲学就在于四入五入，总是向上看齐。

卖葱的老头推车要回家了，车斗里只剩下最后几把，一个女人气势汹汹地叫停他要买。问价，老头说一把给一块五吧，本来要两块的。女人改问多少钱一斤？老头回答六块，女人惊声感慨太贵，老头带着哀腔讲述种菜的辛苦与不易。

旁边的女人冲着准备去买早餐的丈夫喊道:"要两块钱菜包子吧,一碗稀饭。"

听见吆喝的早餐店老板主动询问正走上台阶的男人:"哪种稀饭?"

"随便",男人边答边往店里走,"等我吃完再给她打包。"

几个老太太坐在台阶上,脚边几把豆角。街上一个左右张望的衣衫肮脏的男人忽然走过来,弯身坐倒,有一搭没一搭问道:"今年的豆角子不如往年的好?"

老太太们瞟他一眼,没有接他的话茬,继续说她们的里短家长。然后一起沉默下来,张望着人来人往的小街。

我正从小街走过。

淮南　2020.09.08 09:18

015

城中村西口有个烧饼摊，案板与烤炉架在车上，每天下午推过来，支在屋檐下开始忙活。摊主是个四五十岁年纪的女人，高高壮壮，围裙袖套，收拾得干净利落。

烧饼一块五一个，小本生意，劳累却又麻烦。我们这儿卖烧饼，不是只有烧饼就完了，还要搭配剁好的青椒碎、捣好的蒜泥、几样小咸菜，以便食客夹在烧饼里吃。全城每家都如此，只卖白坯儿烧饼的生意肯定不会好，于是和面做油酥之外，每家又多了些麻烦与成本。

女人很和善，说话轻声慢语，不急不躁。因为位置相对偏僻，食客也少，不像夜市的烧饼摊前总是等满焦急的食客，老板难免心浮气躁。旁边摊位的小贩，或者闲逛的街坊，无所事事的时候，就过来聊天，也搭把手帮忙，涂酱装袋，收钱找零什么的。

下午时阴时雨，街上车马稀疏，好在烧饼摊在屋檐下，雨也无妨。一个年轻姑娘站在女人身旁，有一搭没一搭聊天，兼做避雨。我站在摊前等我的烧饼，生意刚开始做，炉膛里的炭火还不旺。

姑娘忽然问起，之前那拿走了烧饼的某人常来吗？女人一边探身看着炉内的烧饼，一边答话说："嗯，常来。"然后听她们细聊，才知道是有个年轻人，无家可归，女人觉得他可怜，于是每次见到都请他吃烧饼。后来熟悉了，年轻人再过来的时候，也不再客气，自己就会直接拿起烧饼去吃。

姑娘有些愤愤不平，觉得女人太傻，更觉得年轻人脸皮太厚。"也不是，他每次只拿一个，多给也不要"，女人淡淡地说，也是为那个年轻人辩护。看见烧饼够火候了，边说边用火钳夹出烧饼码在炉面上，然后淡淡地笑着补了一句："我就是看着他可怜。"

淮南　　2020.09.10　17:43

016

夜市另一条路口的牛肉汤,晚上我进店的时候,三五名食客,现在已算生意很好。

我坐墙角,前面一桌,中年男人喝着存在店里的白酒,一塑料袋卤花生,一塑料袋猪头肉,酒酣耳热。

我的汤喝到一半,进来一个年轻男人,反复和老板娘确定还是不是以前的老店——前年的改造,面目全非。年轻男人反复提醒老板娘自己曾经常来,老板娘不知道是真记起还是应酬,虚接一句:"怎么这么久不来?"

"进修去了",年轻男人果断回答。

老板娘打量他几眼说:"那你怎么还瘦了?"

年轻男人要了一碗汤,出门,片刻回来,买回二两装的一瓶酒,扭开瓶盖,猛灌一口,然后开始吸溜起滚烫的汤。老板娘和他闲聊,问他进修苦不苦。前桌的男人吃完了酒肉,会账出门。年轻男人这才接话:"蹲号子去了。"

"上大学去了呀?"老板娘语气中不再有任何疑虑,恍然大悟。

"是,上大学了,三年七个月。"年轻男人与老板娘终于就如何讳谈坐牢达成了新的一致。

"怎么回事?"

"涉黑。"

"涉黑?"

"嗯,跟着我哥收高利贷,涉黑了,"年轻男人自己反复念叨,"判了三年七个月。三年七个月。"

老板娘不再搭话,自顾自看起了手机。在街面上开了几十年的店,三教九流,什么样的人没有见过?在全凭气力说话的丛林时代,老板娘也是能拎起切肉刀叫骂对手的狠角色,一个收账小喽啰的平淡人生,实在激不起她的兴趣。

年轻男人还是努力在找话题搭话,问老板娘什么时候杀牛,老板娘说最近几天吧。"那早晨我过来,你给我切二斤牛里脊,我生着吃。"年轻男人的话说得神出鬼没,似乎三年七个月的"大学"生涯把他彻底读傻了。

"牛里脊可贵得很!"老板娘打定主意,玳瑁边的眼镜再也没有离开手机屏幕。

年轻男人喝完了酒,剩了口汤,木然呆坐。

结账出门,路上人少灯黑,我心里的热汤依然敌不过身外的寒凉。

淮南　2021.01.03 19:11

017

以前总给奶奶买馄饨当晚饭。

卖馄饨的大姐当然认得我,只要我站定,就知道为我打包一份馄饨,而且不忘叮嘱配料一句:"不要胡椒"。馄饨摊的主顾绝大多数都是家长领来的孩子,大姐想当然以为我也是带给孩子吃,而孩子是吃不了辣胡椒的,"会咳嗽",她说。

恰好奶奶完全不能吃辣,殊途同归,所以我也从来没有解释过。有次当笑话说给奶奶听,她怪我在外面默认拿她当小孩,要我实话实说。

后来奶奶病了,我也再没有去买过馄饨。

今天傍晚,在城市遥远的另一端,陌生的饭店,我点了一份芹菜肉丝盖浇饭。看见兼卖馄饨,下意识要了一碗。

前后脚,一个花白头发的老奶奶带着她的小孙女坐在我前面，也只点了一碗馄饨。小孙女很懂事，不断央告奶奶一起来吃，老奶奶架不住劝，吃了几只，却又担心孙女吃不饱。

和我奶奶一样，我把馄饨提回家，她永远要拿出两只碗，说她吃不了那么多，一定要我吃一半。不论我买的是大份儿还是小份儿，永远如此。

今晚我独自在吃的馄饨，漂着一层胡椒粉。

淮南　2021.03.07　17:29

018

我打算去趟夜市,正经吃顿饭。

我盯着卖馄饨的大姐,直到她看见我,然而目光刚一接触,她便低下了头。她是个沉默而体贴的人,我理解,不和熟客打招呼也是为了避免熟客过而不买的尴尬。

我的内心忽然焦灼,我很想去告诉她,我并没有孩子,以前买的所有你没加胡椒粉的馄饨都是带给我奶奶的,她偶尔会从早市回来时路过,你肯定见过她,步履蹒跚,瘦瘦小小的,却有一头黑发。她喜欢你们家的馄饨,她说很香,却只能吃半碗。

买了块韭菜馍,揣兜里带回来,配着两个茶叶蛋当晚餐。夜市道路改造是为雨污分流,曾经强制花钱制作的摊位全部拆除,全又回到各自摆放的旧观。韭菜馍,手擀的面皮,摊上调味的韭菜,叠成四五层一掌宽,切大段。一口平底锅,略刷底油,码齐浇水,类似水煎包。荠菜上市，可能也更便宜，所以今夜更多烙的是荠菜馅儿。

韭菜馍摊位在夜市较远的地方，以前旁边还有一家烙馍的生意，有发面加糖的糖饼，三块钱一个，是奶奶的最爱。奶奶不爱吃肉，不爱水果，几乎没有任何嗜好的食物，唯独喜欢吃糖。最简单的冰糖，出门的时候，用纸包上几块，没事的时候就含一块在嘴里化着。我们一起去超市，买得最多的就是各种冰糖。

她的前半生太苦，没有钱买针线，没有钱给孩子买三分钱一根的油条，曾经的穷困与匮乏是无日无有的念叨。困乏的岁月自然也没有冰糖，所以冰糖才会那么好，含在嘴里，一点儿一点儿化着的甜。

淮南　2021.03.09 21:12

019

以前去夜市买晚饭，问我奶奶想吃点什么，她永远是那句："我从来没有过什么东西是想吃的。"极其偶尔地，她会说："卖糖馍的出来，买个糖馍。"所谓糖馍，就是烙熟的裹些芝麻白糖的发面饼。

我奶奶爱吃一切甜食，大概甜味是她贫穷困苦的童年与青年时代最可珍贵的味道吧？

卖糖馍的是个胖胖的老太太，一张小马扎，坐在路边，支架小煤炉，一张饼铛，烙好的糖馍与韭菜盒子码在身边的草筐里，盖上棉被保温。

糖馍三块钱一个，刚烙得的，饼上一层薄薄的白面，透着淡淡的甜香。

这趟回来，夜市再次改造后，卖糖馍的摊位没有了。我几次都多走两步，去到她的摊位前张望，确定她走了，不再烙糖馍了。

熙熙攘攘的夜市却让我感觉清冷,我实在有些想念她们。

淮南　2021.08.19 20:28

020

市场里的盒饭,十块钱一份,一荤三素,菜不多,米饭管够。

生意很好,附近的鳏寡孤独、老少民工,很多过来对付一顿午餐。

菜辣而咸,下饭。

有个身强体壮的年轻民工,伸出空空如也的餐盒,笑着和老板娘央告:

"再给我来点儿豆腐。"

"我们这儿不添菜的。"

"我经常来。"

"你经常来什么时候看到我给人家添菜了?"

话虽这么说,老板娘还是夹了几块豆腐,夹上两撮豆角添在餐盒里。

年轻民工又添了一碗米饭。一块豆腐,两三口米饭;

一筷子豆角，三两口米饭。

淮南　2021.08.24 12:22

021

雨势又起，外面可真冷。

国民早点油条也涨价了，两块钱一根涨到了两块五。有个老太太攥着三枚一块钱的硬币来吃早饭，原本一根油条一碗粥的价格，忽然不够了。

"那怎么办？"她惊讶完了转身要走。

早点摊的老板连忙招呼："走什么呀？！还回去拿呀？！少五毛钱还能不吃饭啦？！"嗓门粗重嘶哑。边说边盛了碗红豆稀饭，油锅上控油的铁箅子里拈了根油条搭在碗边，一起摆在桌面，"赶紧坐这吃！"

老板围裙擦把手，从老太太手里捏过硬币，抬胳膊扔进包着厚浆的木头钱匣子里。

淮南　　2022.03.21　10:56

022

夜市的摊主一片哀嚎,都在抱怨食材涨得太快,一是确实普涨,二也是在为自己可能的调价造势。

老张的烧饼炉,一天要用三十斤面,"三天两袋",他说,五十斤一袋的面粉,"涨到一百块钱一袋,前两天还买过一百零二的。"

两拃长一拃宽的烧饼,两块钱一个。涨价吧,担心影响生意;不涨价吧,利润越来越薄。"那怎么办?烧饼打小点儿呗?"我接过他的话茬说,他嘿嘿一乐,默示认可。他的烧饼已经小了一圈了,上次涨价的结果。

"这都是疫情弄的。"炸臭豆腐和炒饭摊上的大姐说,"蒜薹前两天好不容易降到八块钱一斤,这又涨到十一块钱一斤了!哪能吃得起?"

帮工的女儿取快递回来,拿着两大包口罩,炫耀便宜的价格:"两百个,十七块钱不到!"然后撕开一包,抽出一叠,让她妈妈放在柜上,"把你戴的那个也换掉,都毛边了!"

女儿解下妈妈的围裙系上,站在油锅前,一双马丁靴上已经满是油渍。大姐乐得清闲片刻,坐下来拿出手机追剧,随口说声,"前面那部看不了了,要交钱,一个月十五块,我没交。"

"交呀!"女儿和她站在旁边抽烟等着炒饭生意上门的老父亲异口同声高喊,"交呀!你交了我们都能看呀!"

"你们想看你们自己干吗不交?"

"没钱呀!"男人一边笑着回答,一边把空空的口袋翻过来展示给等着臭豆腐的顾客看。

大家一起笑,仿佛世上从无什么涨价的烦恼。

淮南　2022.03.22 17:47

023

晚上出去溜达了一圈。街面上依然清冷，火车站旁的酒店，临街的客房寥落地亮着几盏淡黄的灯，远远看起来像是几只迷茫的萤火虫。

城中村，小巷子里还是挺热闹的。临近南口，路边就着他们的三轮车与半人高的各种废品，住着一对老夫妻，年纪得有七十多岁，半躺在捡来的破沙发上，蒙着大约所有能盖在身上的衣被。拴着一只小猫，点缀在他们的炉火旁。炉上坐着一口钢精锅，红红的不知道煮着些什么。他们的晚餐。

巷子深处的阴影里，站着不少女孩子，她们注视着每个过往的男人。有人试探着驻足，可是余光发现身后行人迫近，忙不迭又加快脚步离开。放风的男人坐在附近的摩托车上，手上刷着手机的短视频，眼神左右飘忽。

路旁的小菜馆锅勺叮当作响，鼓风机混沌沉重的噪音仿佛酒鬼含混不清的絮叨，老板娘抬脚半个身子探出门外，冲着远处提着塑料袋和街坊抽烟闲聊的丈夫怒吼："芹菜买到了吗？！"

有个中年女人蹲在路边，面前半竹篮卖剩下的草莓，黯淡而沉默。

我绕出巷子走大路回来，和张雷最后一次吃饭的齐齐哈尔烤串店改卖起了小海鲜，王旭东离开前干的小海鲜馆子却卖起了烤串。一切就在这两三年间，我最好的朋友死的死，走的走。奶奶的屋子里也不再有音量震耳的电视声，窗上不再忽明忽暗。我游荡在这座城市的晚上如同孤魂野鬼。

刺耳的耳鸣。

淮南　2022.03.22　21:50

024

打烧饼的不姓张,姓李。

今晚生意极好,烧饼炉前挤满食客,忙碌加之烘烤,老李满头碎汗。

我买了他的烧饼去卷烤串,是方鸿渐一行鹰潭路上的所谓"本位文化三明治"。烤串的大姐接过烧饼,"小了!"大姐高高大大,性格像身材一样开敞,后退一步探头,视线跳过中间三家买卖,"打烧饼的!老李!你扣剂子了!烧饼越打越小!"

老李也退一步,碎汗的脸上拢起笑容,嘿嘿讪笑不说话。隔壁同样白案上讨生活、卖鸡蛋灌饼的老许要替同行打抱不平:"没办法,面粉涨了十几块钱!"

我有昨天从老李那儿听来的价格:"到一百了吧?"

"一百多了!八十六块钱涨上来的!"

"都过一百啦?!"坐在烤串大姐身后的她的老公满

脸震惊地接过话茬，"我滴乖乖！"他右眼睑的肌肉不自觉地抽动，却也不全是因为面价，本来有此毛病。我是前几天买他家烤串时发现的。那天是下午，生意还没有喧腾起来，他也是坐在那把椅子上，向大姐炫耀他皮鞋上的补丁。

一双油渍浸透了的黑皮鞋，大脚趾前侧对称打了两枚皮质明显不同的补丁。他用手指摸摸补丁，大脚趾还在里面左顶右顶，像是炫耀新鞋的孩子，颇为得意。

"难看！烂成那样扔掉算了！"可惜大姐却不买账，"哪儿还能找到补鞋的呀？"

"前面。还能穿呢！"媳妇不欣赏补丁，总要找点儿别的优点，"便宜，补一个才三块钱。"他撒开手，点起烟，得意扬扬地说。

淮南　2022.03.23　19:54

025

第一次上午去老城镇的农贸市场。

街边很多零散小摊,几只面盆,出售自家渔船的渔获,贝壳、虾蟹,各种不知名的海鱼。面盆后席地而坐的都是妇人,矮小精瘦,戴着斗笠,抬头张望来来往往的路人,向他们展示盆里幸存的活物,期待他们驻足,期待他们问价。

左右的小巷,有板车上的肉摊,现杀的土猪肉,无论怎样分切,总有一层和阗玉色的肥膘。猪毛是火燎的,猪皮带些焦黄,毛根仍在,密密麻麻的黑点有如胡碴。买回来自家做菜,讲究些的大概总是要把猪皮剔掉的。

海南的夏季炎热,分解的猪肉裸露在炎热的街头,大概都是凭借着黑猪仍未散尽的灵魂在坚持着保鲜吧?因为可以一直卖到傍晚,甚至日暮之后。

菜市场内,烈火烹油。

上午是最好的时候，顾客最多，生意最好。不断喷水的蔬菜，一时忘我，以为仍然扎根土壤，于是打起精神，有如在地里一般新鲜，挺直而翠绿。海鱼尽皆正寝，水桶中的河鱼河虾却依然鲜活，不断策划逃亡，跳跃扑腾，又溅一地的水。

路面湿滑，行走必须小心翼翼。

买了黑猪肉，五花十八，软肋十六。一条硕大的罗非鱼，也是十六。卖鱼的鱼摊是三个女人的生意，一个女人裹着橡皮围裙坐在角落，一把刀，一块砧板，挑好的鱼扔过去，黑铁菜刀不见刀光，略一翻舞，电光石火间鱼已拾掇利索。如果谁家男人出轨，请她出面惩前毖后，她大概能在十秒钟内把男人收拾成好姐妹，甚至不出一滴血。

茄子，四块钱一斤，两根六块；一大把空心菜，三块；小白菜，三块钱一斤；四张干豆皮，五块；一袋油炸好的豆腐块儿，五块；三头蒜，三块。出市场，四川大姐那里又买了四个馒头，四块。简直提不下，却意犹未尽。

车马喧嚣。

澄迈老城　2022.06.30　11:27

026

昨晚九点半回来，感觉饿，在碳水云集的夜市逛了一圈，决定买份臭豆腐。

我的臭豆腐刚出锅，一个西装笔挺、皮鞋锃亮的年轻男人走过来，要他之前预订的那份。

"要香菜吗？"老板娘问。多好的老板娘，把香菜作为可选项而非必选项。

"多加！"小伙子回答。我乜斜一眼草本臭大姐爱好者，以示同情。

加满草本臭大姐的臭豆腐，小伙子示意老板娘扎紧塑料袋，然后递上去一个空的国际名牌男装纸提袋，打开，老板娘把臭豆腐仔细地放平在袋底，小伙子拢好袋口，提起返身回SKP。

"上班的也怪可怜，"夜晚冷风中做着小本生意的老板娘望着年轻人的背影心疼地说，"保安看见还要罚款。"

臭豆腐摊前的矮桌旁坐着妆容精致的女娃，炸了一份土豆条，吃得正香，忽然觉得意犹未尽，起身走到隔壁的摊前："夹个馍！"

客人进出SKP前门，后门之后，油腻的灯，油腻的烟，油腻的冷风与御寒的油腻的碳水。

西安　2022.10.11　08:00

027

微雨,湿冷。

仁义巷东口等活儿的民工拥挤在屋檐之下,坐在干燥地面上的男人小口抿着自己带来的开水,目光迷离地看着街面的过往行人。

早点摊出齐,豆腐脑、油茶麻花、鸡蛋灌饼、手抓饼,热气氤氲。

西装革履的年轻人抓着笔记本快速跑过,路边的小姑娘向里挪挪身子,垂下眼,翘起小指用捏在手中的勺子轻刮一层油茶,送进口中。

超市许多老人,看看乌白菜,捏捏西红柿,要买的东西不多,要消磨的时光很多,虽然时光对于他们而言所余已并不多。

我买了一小块猪后臀肉,十九,肉价有如得道的神仙,腾云驾雾。

还有五个小西红柿与三张干豆皮,总计三十块钱。

都是中午的菜。

西安　2022.11.09 08:45

028

楼后小区封控，又下着雨，街面冷冷清清。路边不变的还是三摊早点，烧饼、鸡蛋灌饼、煎饼摊子的三把遮阳伞，三辆三轮摩托车，三罐液化气，三股迅速升腾又消散的热气，两盏灯——烧饼摊子没有许多配菜供选，也就无须额外照明。

鸡蛋灌饼也是两口子的生意，女人擀饼夹菜，男人埋头烙饼。饼皮烙出鼓包，一个鸡蛋磕在碗里打散灌进去，双面烙熟，下炉膛中烘烤酥脆饼皮，夹出来撂在女人面前。女人在无数清晨久经磨炼的手已迟钝于滚烫的热度，可以坦然把新出炉膛的灌饼拿在手中，刷酱，对折夹生菜叶与土豆丝，再添一筷子咸菜粒，然后一层塑料袋缠起灌饼的一半，方便手拿，再完整套上第二个塑料袋，整理服帖提手，双手递给客人。五块钱。

另一摊煎饼是一个只二十多岁小伙子的生意，可能还没有结婚，或者孩子还小，女人没办法跟着出摊。除了摊煎饼还烙馍，车上许多小菜，一罐子炖在小火上的花干、鸡蛋。花干、鸡蛋有数，其余菜色自助，只要你能夹得下。时常有人贪嘴，馍里夹了太多菜，沥沥拉拉洒落在外，小伙子也会面露愠色，等人走远，嘟囔两句，自己再用筷子把撒乱的菜码归置回原本的坛坛罐罐。

不论摊前有人没人，不论手中是否摊着煎饼，小伙子总会时不常地低声吆喝两句："煎饼果子，夹馍！"不像另两摊的夫妻，默默埋头，悄无声息。

秋雨湿冷，漫天的雾，我的鸡蛋灌饼还在炉膛中。

"煎饼果子，夹馍！"低头摊煎饼的小伙子戴副眼镜，镜片下缘结着水汽。

西安　　2022.11.10　08:15

029

夜市有个老太太,以前就在路边骑三轮车炸臭豆腐,支一盏不够明亮的灯,佝偻着腰,脸恨不通贴在油锅上,不然看不清也数不出分量,白头发,干瘦得仿佛灯下不会有影子。

整个夜市,很少有一个人经营的小摊,大多是夫妻档,或者全家上阵。从来没有见过老太太的老伴,或许不在了?也没有见过孩子来帮忙。我对她印象深刻,除此之外,还有她是最后一位坚持收现金的摊主。有顾客抱怨不能扫码,她幽幽地说,扫码的钱都归了孩子,自己一分钱得不到。

前年夜市改造,不租赁固定摊位不允许经营,老太太消失了一段时间。老许家鸡蛋灌饼右手边的摊位大概难以为继,老太太接过来,继续她的臭豆腐生意。原先六块钱十块臭豆腐的价格,今年涨到了八块钱,毕竟有了摊位也就有了更多的成本。

昨天年初二,今天年初三,夜市大概有二分之一的摊位出摊,在阖家团圆与赚钱之间,一半的摊主选择了后者,其中就包括她。

还是一个人。

另一家生意最好的臭豆腐今天歇业,她的生意陡然好起来,忙到顾此失彼,本来年岁就大,人多口杂,简直顾不过来。数着锅里的臭豆腐,口袋中摸出手机,递给等在摊前的女孩子,让女孩子帮她给谁打个电话——她终于有了手机,摊前也有了收款码,毕竟如今身上有现金的人越来越少,也是迫不得已的改变。

我买了她两份臭豆腐,还有两张老李家的烧饼,搭配着一餐晚饭。老太太的摊子比那家全家上阵生意最好的臭豆腐摊要简陋很多,萝卜丝和香菜混在一起,凑合着装在塑料袋里。蒜泥不够细碎,显然手工剁得马虎。醋汁和辣酱的分量也少。

顾客越来越多,老太太越发忙乱,照顾不到每名顾客,只好不住声地请人担待,"再等一会儿好不好?""等会儿再说好不好?"

她今年有七十多岁了吧?

每天忙忙碌碌赚钱,春节也不歇着,更没有什么花钱的机会,仿佛赚来的钱可以赎买生命。并不能。

终究有一天她会忽然消失,与她辛辛苦苦赚来的钱就此分道扬镳。或者,就像这两天的热搜新闻,九十岁的老夫妻花费二十一万块钱给孩子每人买了条金手镯。

没能赎买来的生命,炉火油烟前夜复一夜的生命,最终化成孩子手上的一条金手镯,或者孩子银行账户上的一个数字。

这是很多人的人生,却不该是很多人的人生。

淮南　　2023.01.24　18:24

030

夜市有两摊油酥烧饼，小李和老李。

小李四十多岁，一张仿佛被全世界辜负的脸，不苟言笑。世界究竟是否辜负了他，不得而知，但是他的头发肯定辜负了他，只留下相忘于江湖的头皮，夜复一夜折射着夜市苍白的灯光。

小李的烧饼小些，一块五毛钱一个，青椒与大蒜碎、蒜蓉辣酱、油辣酱免费。炉膛中夹出烧饼，撂在蒙着镀锌板的案板上，由你自己抹好椒酱，他再帮你用塑料袋装起来，整理出袋口递到你手里。

没有一句多余的话，一块五的买卖，犯不着饶上几句嘘寒问暖。

除夕到初三，小李都没有出摊，只留老李一家独大。今天初四，小李有备而来，必然知道春节夜市的好生意，摊位里又多了一口烤炉。媳妇也来帮忙。

头发黑鬓鬓的媳妇，与抬头三尺神灵之间一无所有的小李，忙得满头大汗。生意太好了，等待令食客变得焦躁而好斗，食量也陡增，原本一个烧饼肚儿圆的要买两个，原本吃两个的要买四个，非此不足以抚慰等待的付出。却又不排队，乱糟糟挤在摊前，小李媳妇记不牢靠先来后到，免不了提前给了后到的，令先来的大为光火，几乎要吵起架来。

小李面沉似水，切面分剂子的菜刀在案板上剁得当当响，要吵架的女人忽然想起自己是识时务的俊杰，于是不再计较。

一块五的烧饼，涨价到两块钱。

春节三天，老李一天没有歇着。

老李六七十岁年纪，花白头发，和炸臭豆腐的老太太同样，是夜市不多的一人摊。

老李好脾气，人也老实，周围的摊贩时常拿他打趣。他不气不恼，会把玩笑当真来解释，于是惹得别人更觉好笑。

和小李现擀现切现做饼坯不同，老李的烧饼坯子都是在家提前做好的，整整齐齐码在铁皮托盘里。饼坯调好了味儿，油酥、葱花，拿过来拍在案板上，不用擀面杖，只用手压扁抻大，略撒上些芝麻，右手抄起，弯腰伸进炉膛，就势拍在炉壁上。一点水汽激起炉火，噌地从炉口蹿出。习以为常的老李侧身闪过，继续下一张饼坯。

春节生意极好，烧饼需求量大，老李吃完早饭就要开始忙活，一直干到下午三点出摊。他租住在附近不远的城中村，骑车过来最多一刻钟，然后就是面对无休无止等待的食客。案板外沿摆了三张托盘，火钳从炉膛里夹出的烧饼码在托盘上，抹辣酱，装塑料袋，食客一切自助。一个人的老李实在顾不过来。

"生意这么好，你该多个人帮忙的。"我和老李说。

"嗯，"老李边注意炉膛边分心回我，"人多也没用，炉子太小，赶不上。"

一炉十二个烧饼。"要是打小点儿，最多十三个。"

老李的烧饼两块钱，过年没有涨价。

"不过你的烧饼真是越来越小。"我是老李的老主顾。

"是！"老李看了眼其他食客，认真地开始解释，"实话实说，过年确实小了！"大家可能都没有想到他能如此坦然，反而忙着安慰他说没关系。

"过完正月十五，人少了，就跟以前一样大了。"老李继续他的解释。

"过完正月十五也没有你一开始打的烧饼大！"隔壁听见老李话风的烤肉摊老板娘不忘忙里偷闲再打趣老李一句。买完老李的烧饼，许多食客都会再去老板娘的烤肉摊，一块钱一串的猪肉串要上一些，不用嘱咐，老板娘也会轻车熟路地接过烧饼，对折，卷起烤串，攥紧，拽出签子，再把裹好烤肉的烧饼递回给你。烧饼与烤肉，秤不离砣的绝配。

"那是！"老李这实诚劲儿，"干生意的不都是这样嘛！生意好了，就想着打小点儿，肯定没有开始的时候大了。"

等候的食客简直不知如何接话是好，都经生活反复蹂躏，惯常遭遇各种谎言，忽然得见如此诚恳的商家，应对一时失据："小点儿怕什么？味道好就行！""做生意就要赚钱嘛！""开始大点儿也是打广告嘛！"

大家七嘴八舌，好像老李不把烧饼再打小点儿，简直违背人伦，丧尽天良。

我告诉李老今天小李也出摊了，老李点点头示意知道。

"生意没有昨天好了吧?"虽然李老回答说"还行",但是等待的食客确实没有前两天多。

"人少点儿也好,少累点儿。"其他食客接过话茬。

老李没说话,低头看他的炉膛。

"就是,不然赚那么多钱留给谁呀?"烤肉摊老板娘又说笑。

老李长长叹口气。

他眯眼抄起火钳,岔开话题,"你的几个来着?"

淮南　2023.01.25　19:45

031

夜市生意最好的炸臭豆腐，两口灶眼，另一眼灶兼营炒面炒饭。

其实炒面炒饭才是本来的生意，后来分出一眼灶炸臭豆腐，生意出奇的好。价格相对白发老太太的臭豆腐便宜一元钱，七元十块的算作小份，大份十元十五块，正可满足一小份不够，两小份又多的食客。臭豆腐的品种也多，黑色厚方块儿、白色厚方块儿和经典的黑色薄块儿，不论哪种，价格一致。便宜又多选择，生意更好也是可想而知。

摊主是一对夫妻，就住在附近的预制板老家属楼里。夜市是后起的，家属楼群中的两条街，临街的楼房忽然陋巷而成闹市，一层住户占尽便宜，或者自己经营，或者转租他人，租金高出二层以上数倍。

臭豆腐是夫妻俩自己在家用卤料腌制的，塑料水桶拎出来，盛在大铁盘中。生意最好的傍晚，一桶一桶往外紧拎不够炸的，以至于瘦瘦的老板娘有些心虚，暗地里掐掐新出卤水的臭豆腐块，"怕是没腌透。"

炸臭豆腐是女人的活儿，男人不管。男人高高壮壮，剃光头，穿件藏青色的布罩袍，说话咋咋呼呼，整日烟熏火燎的似乎对谁都有火气。炸豆腐的灶眼火气不足，男人叼起烟，伸手把油锅端到自己炒面的灶眼上，气量旋到最大，油沸烟腾，豆腐翻滚。这边换好天然气罐，他再把油锅端回来。

"开这么大火你要烧我手呢？！"他忽然断喝一声。习以为常的女儿乖乖把火调小，他坐好油锅，换作小声再说一遍，"你也不长眼睛，开那么大火，那不是要燎到我手吗？"这就算是他和解的歉意了。

没写错字，是女儿，不是女人。这趟我回来，主炸臭豆腐的换成了他们的女儿。第一次看见他们的女儿，还是去年封城前的三月。

一年过后，女儿已经熟练得宛如老板娘，穿件黑色羽绒服，套件围裙，一双马丁靴上依然油迹斑斑。不过毕竟初学乍练，又是滚油又是热火，女人不放心，站在身后一会儿这样、一会儿那样地指导工作。

可能是在脾气暴躁的男人身旁生活惯了，女儿也是磨炼出好脾气，无论怎么挨说，绝不着急。按部就班把臭豆腐从油锅里捞出来，左手抄起大水舀，右手拿筷子按数量攥出臭豆腐扔进大舀，然后夹几筷子青萝卜丝、一筷子草本臭大姐，舀几勺蒜汁，矿泉水瓶里的醋瓶盖上扎了眼儿，挤上两股子醋，最后颠几颠大水舀子，拌匀调料，装塑料袋，再套一层塑料袋，系紧袋口，递到食客手中。

女儿依旧戴着口罩，不知道还是不是去年包裹里的那两大包，化着淡淡的妆，长长的睫毛，以及年轻小女孩精致细腻的皮肤。

烟火升腾在面前，熏得她不时躲闪，可依旧每晚都能看见她，安安静静地帮着家里的生意，满面油烟，满鞋油渍。

        淮南 2023.01.26 21:31

032

正月初六，假期最后一天，去往各大城市的高速公路严重拥堵，夜市的食客几何级减少，前几天排着几十人队伍的炸烤摊子随到随买，老李家的烧饼也是立等可取，不过除了卤菜，基本都出摊了，包括老许家的鸡蛋灌饼。

老许大高个儿，细眼睛，新衣新围裙新护袖，年前刚剪的头发梳得一丝不乱，能说会道，食客对于他家鸡蛋灌饼的一切质疑，他会有句诉诸权威的固定回答："我这都干了一二十年了！"

头十年，老许的鸡蛋灌饼摊子摆在附近的某酒店门前，来这夜市，四五年光景。一辆电动三轮车，先是摆在路北烟酒店的玻璃橱窗下，煤炉案板支在车斗中。老许守着煤炉，饼坯摊平在黑漆古的饼铛，毛刷抹上油，筐里捡起一枚鸡蛋，磕进左手拿着的不锈钢杯中，同样不锈钢的筷子杵进盐罐中蘸两筷尖盐，就势在杯中打匀，饼坯已经鼓包，筷尖挑破，撑开灌进蛋液，迅速夹起来翻个个儿，再抹几刷油，然后推到饼铛边缘，再做下一张。边做新的边得顾及饼铛上的，差不多烙得两面金黄，拉开直通炉膛的铁箅子，夹进去略烤片刻，表皮便有酥脆口感。和老张的烧饼一样，夹进放在案板边缘的铁盘里，食客自己抹上蒜蓉辣酱、青红辣椒与大蒜碎，案板后做饼坯的老许媳妇最后伸手用铁夹子沿灌饼中线压断，对折，装袋，递到眼睛片刻不离、全程观摩灌饼制作流程的食客手中。

路边露天摆摊，冬天冷风吹，夏天烈日晒，又做早餐，又做晚餐，每天只有中午片刻得闲，想想也知道是极其辛苦的生意。而那时候陪着老许风吹日晒的，还是他的女儿。女儿看起来二十岁左右的年纪，长相如同老许的倒模，好在年轻，还有资本抵抗风与紫外线，脸颊的皮肤白里透红，可是在寒冬看来，却更像湿冷又无暖气的江淮之间户外讨生活人的手脸上常见的冻疮。

最冷的时候，老许好歹守着煤炉，双手又是在油火之间出入，总能匀些热乎气儿。女儿揉面擀面，双手永远冻得通红，映衬着白面剂子，颜色仿佛落着层雪的枫叶。擀上几张饼坯，就要拢起手来在嘴边哈口气儿，然后就和着那点儿温暖，继续揉面，揪出面剂子，擀圆，抹上油酥折上三折，再擀出饼坯形状，案板上揭起摊在饼铛上。

女儿的个子太矮，脚下踩着一只底儿朝上的筐。

忽然有一天，女儿不见了。老许媳妇过来顶替女儿的工作——十四五年前最初开始做生意的时候，女儿还小，擀面做坯的肯定还是老许媳妇，女儿只是帮忙分担一些妈妈的工作——可是没做多久，三年前，本地创卫，忽然要求改造地处居民小区内部自发形成的夜市，城管重新划分摊位，统一安装棚架招牌，收费六千块钱一家。同时严禁占道经营。老许的路边摊如同他的女儿，也就忽然不见了。

不交钱便不能做生意，可不做生意又哪儿来钱呢？生意做熟的地面，乍然离开换作别地，别地又有别地做熟的生意，实在太难。老许的一张三轮车，供给了一家起码三口十几年的嚼裹，衣食住行，一切取自冬天冷风与夏天烈日中一张一张烙好烤熟的灌饼。无可奈何，没过多久，老许又回来了，交钱租下了路南的摊位，继续他们的生意。

就在原来路边摊的对面，还是老许在左烙饼，媳妇在右擀饼。

今晚是老许新年第一次出摊，一个鸡蛋的灌饼还是三块五毛钱，我要了张俩鸡蛋的，四块五毛钱。包括我，五六名食客眼巴巴围在摊边观摩。

只要生意好，零下六度的冬夜也是温暖的；只要生意好，任何小买卖家都无惧冷风与烈日。

直到今晚，我都再也没有见过老许的女儿。

女儿刚走，媳妇刚来的那会儿，自然会有老主顾问起女儿的去处。不论问的是老许还是老许媳妇，两口子都会争先恐后地抢答："女儿有工作了！""女儿上班去了！"

语气与眉眼有同样难以抑制的喜悦——从此只需自己独立于冷风与烈日。

淮南　2023.01.27　20:44

033

老李不干了。

前天晚上还来买过他的烧饼,今晚就黑灯瞎火,人去摊空,招牌也都摘了。

"就是前天晚上转让的",隔壁烤串的老板娘说。无怪前天晚上老李的媳妇也过来了,看起来像是双手不沾阳春水的女人,和忙到满头大汗的老李对比鲜明。她怯怯地站在摊前,帮着食客抹酱装袋,我还打趣着说:"最忙的时候你不过来帮忙,现在不忙你倒过来了。"

就是这个女人,断送了夜市里好吃的烧饼。"就是他媳妇不让他干的,嫌他打烧饼赚得少,不如下小煤窑挣得多。"烤串的老板娘说道。莫怪老李这么拼命,春节只歇了年三十那一天,其余每天自己一个人忙到片刻不得闲。"去年春节疫情没打烧饼,老李下小煤窑,半个月挣了两三千块钱!要不媳妇还让他下窑呢?肯定比打烧饼挣钱。"

于是，老李两天前转让了摊位，附近城中村的租房肯定也退了，现在大概回到了潘集老家——那里富产煤炭。

烤串的老板娘和老李打趣惯了，彼此熟悉，知根知底。对于老李的走，颇有些愤愤不平："老婆带着儿子、儿媳妇三个人在家里，什么也不干，就指望老李一个人干活儿，还嫌弃老李赚钱太少！"

"老李的生意不错呀？"我有些困惑地回问。

"赚多少才能够呢？"烤串的老板娘一声叹息，然后把十个猪肉串夹进今晚我买的小李家的烧饼中。小李的烧饼没有老李打得酥脆，差点儿意思。

前天晚上，老李大概也没有想到那会是他最后一晚的烧饼生意，他依然满头大汗，得意地说起春节期间自己烧饼生意最好一天的记录："二百四十九个！"

有零有整，四百九十八块钱。

不知道下小煤窑的老李会是什么样子。

淮南　2023.02.07　18:52

034

今晚挺冷的，但在夜市，前面有个女孩子，就像悟空一样穿条小裙子，露着腿和腰，好看。善良，女菩萨。

夜市的男男女女都在看她，她如同行走的超级月亮。

有俩男人加快脚步追上去，超过我时，我险些被他们心头的烈火灼伤。

卖麻辣小龙虾的大姐，恶狠狠地用眼剜她。炒麻小的大哥，大姐的夫，每翻一勺，锅中莫须有的油烟就会熏得他要抬眼躲避，躲避的眼光恰好扫过她。

又一勺，又抬头，又一眼。

又一眼，又一眼，铁勺越翻越快。

锅中所有错过今晚而不瞑目的灵魂，皮壳潮红，通体麻辣。

淮南　　2023.09.29 19:52

035

卖麻花的小摊,很多人围着买。

一对八十多岁的老夫妻,外边探望一眼,老头还没看清卖的是什么,老太太直往后拽他:"麻花!我们也咬不动。"

老头嘿嘿地笑起来,仿佛衰老不必悲伤而足可欢乐。

两个人手挽手,佝偻着腰走开,老太太也笑了起来。

淮南　2023.10.16 17:32

036

傍晚骑电瓶车去镇里的农贸市场买菜。

晚市的菜价总是要比午市便宜,本地黑毛土猪精瘦肉十五块一斤。挑了一块,十一块钱,让老板娘"细细切作肉片"——其实肉丝更好,但我又不好意思太过麻烦她——菜市的比邻关系都很融洽,正好又有人过来买肉,老板娘忙不迭去招呼,一把拉过相邻肉摊的大姐,不用吩咐,那边拈过锋利的薄刃刀,切出一片一片。

附近村民过来,买的是肥瘦各半的二刀肉,便宜些,十块一斤,不小的一块,也才十一块钱。买肉的男人五六十岁年纪,像大多数海南人一样精瘦黝黑,看起来远比我们这些如同巨人观的大陆白胖子健康。他从裤兜里掏出一个黑色的塑料袋,打开,里面几张零散的十块钱纸钞,挑出一张来,递过去。老板娘眼巴巴地盯着他的黑色塑料袋,看他的手指在塑料袋里翻来找去,"没有零钱了吗？"老板娘暗示他自己并不打算抹去一块钱的零头。

我又买了两颗洋葱，南方的菜都收拾得干干净净，枯皮已经剥尽，裸露在外的水润的深紫色葱肉，点缀在一片黄绿之间格外醒目。我并不喜欢吃洋葱，我只是图它好看，买了两颗傍晚农贸市场的"醒目"。

最贵的蔬菜大概是韭黄，十二块钱一斤，一捆一捆用纸卷好。像是卖旧货的小贩，最值钱的东西都会放在最近的脚边，韭黄于是也都码在老板最近的手边，顾客拿不到，只能老板代取。按照本地人买菜的习惯，量少而精，所以老板也是先取了最小一捆问我："多吗？"我是永远"眼大肚皮小"的转世饿殍，当然要最大捆的，十四块钱。

又走过来一对非常年轻的男女，大概是正在交接的韭黄勾起了他们的韭瘾，于是停下脚步，男孩子问："韭黄多少钱一斤？"

"十二"，老板娘边答边拿起被我放弃的那一小捆。

男孩子大概觉得贵，又不好意思暴露真实心思，于是迟疑起来。女孩子也是体贴，想要帮他婉转回绝，站在旁边代为怯生生地问道："那些会不会太多？"老板娘自然希望做成生意，于是果断回她："多了可以去掉。"没办法了，只好去买这么贵的外来冷藏蔬菜。当然他们不是因为没有钱，而是本地分明有那么多水嫩的、便宜的各色新鲜蔬菜。

我拎着瘦肉、洋葱和韭黄老哥仨往外走，忽然觉得有点儿无趣。

路旁倚坐树根卖她自制腌渍的女人，大概看出了我寡淡的人生，忽然问我："再买点儿咸菜吗？"

澄迈老城　2024.01.01 20:07

咖啡馆

037

下午去星巴克抄了会儿民国陕西志,旁边一个北卡罗来纳老汉总是搭话闲聊。我入座时不小心碰到他,当然要说句"Sorry",他由此笃定认为我精通英语——门槛未免太低。

这个北卡老汉来自一个"Ash"什么的小镇,忘了名字,他给我看他手机里各种各样用以与人沟通的图片、地图什么的,那是他在亚洲旅行的法宝。老汉坐在临窗的座位看着周末喧嚣的商场大厅,喜欢孩子,会和乍见外国人目光惊诧的孩子做鬼脸逗笑。然而大多数时间百无聊赖,或者机械地在电脑里删除没完没了的垃圾邮件,或者找我搭话,看我能打汉字的神奇键盘是不是和他的不一样。

越来越多的大妈进来歇脚,以平生底气畅聊平生之事,咖啡馆里像是狮吼功的练武场,能活着全靠平日喝了太多清肺的猪血汤。我有些焦躁,北卡老汉默默掏出耳机，戴上前和我说了句话，我只隐约听见有个单词"aloud"。

我决定回家，一边收拾东西一边告诉他："在我们的传统文化中，窃窃私语代表不磊落"——好像我会说这句复杂的英语似的，嗯，起码我以为我说的是这个。

刚才我又路过那家星巴克所在的商场，不知道北卡老汉还在不在？无论如何，我知道孤身万里客居异乡的感觉。

祝你早日回到家乡，Ash什么的那里。

淮南　2019.06.22 20:03

038

咖啡馆里,那个女人今天是盛装约会,精致妆容,白衬衫,黑大衣,黑色短裙,肉色丝袜,黑色敞口的平底鞋,都像是新从商场的衣架取下,和她的眼镜镜片一样纤尘不染。

她买的咖啡,她买的甜点,能看出来她很喜欢同来的男人。她的身体前倾,认真倾听男人的每句话,不住点头,佐以微笑,像是猫儿忽然决定讨好你,腻着你,磨蹭你。

只是男人未必喜欢她,也许因为她没有那么漂亮?说上几句话,男人就会低头在手机上回复些什么,显然手机那端才是他的关注所在,也许是好哥们儿,也许是另一个女人?

他摆弄手机的时候,女人就安安静静等着,喝一口咖啡,理一下头发,或者从纤尘不染的外套上拈下一根莫须有的纤微。

　　直到男人的目光离开手机，她的笑容立刻盛开，像是这个下午温暖的阳光。

淮南　2019.11.16 14:29

039

前门的太平洋咖啡，邻座一个胖胖的女人，和朋友聊天。普通话非常好，听不出是哪里人。

说起老家的父母，她的老父亲刚去世，六十八岁，从发现得癌症到过世，活了十一个月。

最后的日子，女儿问他还想要点儿什么，活得很痛苦的老父亲笑着说："只想要点儿药。"——能让他平静死去的药。

老父亲去世前，有预感了，买了很多吃的，塞满了家里的两个大冰箱。是留给老伴的。老伴二月二十五的生日，老父亲已经吃不下饭，强撑着要喝水，就怕死在老伴的生日。

终于熬过去了。

最后的时候，老父亲躺在床上，安安静静地看着窗外，然后说："我走了。"

她说老父亲去世后,老母亲每天打开冰箱,都会想起他——都会看见他。

北京　2019.12.05　15:45

040

    咖啡馆来了两个男人，其中一位五六十岁，江苏盐城人，某某将军是他同乡，中央某某大领导也与他是桑梓，"比我大两岁欸"。另一位六七十岁，北京人，看来有求于这位通天的朋友，殷勤地招呼，买了咖啡。

    通天的朋友穿着黑色的运动鞋、蓝色的牛仔裤、紫色红点的衬衣、褐色红格的西装外套，油黄色的脸，染过的不多的黑发梳向脑后。大声说完他的关系后，改为小声，身体前倾，继续重复他的那些在天上的朋友。

    "某某呀，他比我大两岁欸。"一边说，一边伸出两根手指，仿佛差两岁是人世间最铁瓷的关系纽带。

北京　2020.01.08　14:26

041

年前,前门太平洋咖啡最殷勤的店员,是个有些广东口音的年轻小伙子。

初来乍到,开始只负责打扫,逐渐开始点单收款,学做咖啡。对于客人的每个问题,哪怕只是随口一句,也会认真去找答案,再走过来,端起手,仔细告诉你答案。

我来得多,逐渐熟悉起来,每次都会寒暄几句。

年前问他回家吗?他说要回,买好了火车票,要回远在珠海的老家。"春节后再回来",那时他这么说。春节过去很久了,已经二月十二,也没有看到他。还有另一个胖胖的女店员,他们年前一起回家,年后却没有如约回来。

不知道还会不会回来?

今天店里看到了新服务员,女孩子,居然也是广东口音。怯怯的,给我量完体温让我填写登记表的时候,端着手局促地站在身边,就像那个小伙子开始来时的模样。

怕我久候，跑着出来又跑着过去，给我点单，然后做好咖啡，快步送过来。

倒退若干年，我们都是这样谨小慎微地开始我们的社会人生的吧？

        北京 2020.03.05 15:07

042

咖啡馆客人越来越多,今天五桌。后来的俩人,年龄悬殊,彼此未免暧昧的称呼显然又不是父子。

男孩子大学生模样,卫衣卫裤,套一件黑色夹克,白色帆布鞋,浅口白袜,黑框眼镜压在蓝色一次性口罩的上缘。背倚椅背,眼光透过镜片,盯着桌面。

桌上只有一杯拿铁。

对面的男人四五十岁年纪,皮鞋西裤,藏青色衬衫,前倾身体,抬眼关切地看着男孩子,目光仿佛双手,试图去攥住男孩子的视线。男孩子眼神飘忽。听不清他们在说些什么。

他们进来的时候,我正在吧台取咖啡。看见男孩子一步跨进门来,又退回去拿起门外桌上陈设的咖啡杯,似乎很是喜欢,端详许久,放回原处。一阵沉默之后,男人起身,等到他再回来,已经在吧台为那只咖啡杯结完账。坐下，咖啡杯放在桌上，推到男孩子面前。

男孩子挺开心的，拆开来，爱不释手。作为回报，他把自己那杯拿铁也推到了男人面前。男人拿起那杯拿铁，端在嘴边，目光再度问询，男孩子微笑着点头许可，于是男人喝了起来——谨慎与腼腆得像是他的发际线。

四年前在另一座城市的另一座咖啡馆开始写《蒙古国纪行》，开篇我想起北京的护国寺。"坐在护国寺小吃店喝我的那碗豆汁，男同学再次出现于我眼前，端走出餐口盛放着三份炒饼的托盘。他们坐在我身后不远的餐桌，我知道，女同学的那两份炒饼，终将会有一部分被扒拉进他的盘子里。而且按照他的年纪，这样做早已不再只是单纯因为饥饿。与异性分享食物大概总会是最初的调情，是在餐桌上以食物替代的翻云覆雨。"

四年后我又想起这段话，应当做些修订，比如"是与所有人在贯穿人生所有阶段的调情"。

北京　2020.03.18　13:35

043

我最初在家写书的那家咖啡馆，胖胖的小老板是个富二代，加拿大游学归来，有心弘扬北美的兑水咖啡文化，用富一代的店面和资金开起了一家大而装饰精致的咖啡馆。可惜位置有些偏僻，有钱有闲的小城百姓无多，生意始终清淡。

开始的时候，他的雄心还没有被现实击碎，偶尔会和我聊起未来，说到无论多么艰难，也会把咖啡馆开下去，那是他的事业，那是他的理想。

除我之外，最常去的客人，我称之为"六姐"的，是从上海回去的，开一辆颇不便宜的好车。偶尔也会带她的朋友过去，消费不菲，自然成为老板最亲密的客人，过来便会坐在一起聊天，不多久便知道了彼此的家世与身世。可惜小老板配不上六姐，六姐的老公似乎是很有钱权的上海人，当然她也有对等的容貌与身材。

小老板不在的时候，六姐很安静，喝咖啡或喝红酒，是很好的客人。后来，六姐时常会随身携带一个很妩媚的男人。小老板显然不喜欢这个妆容精致过六姐的男人，来时偶尔透过玻璃幕墙看见他和六姐在店里，手中的电话总会凑巧地来电，然后接起，转身离开。

咖啡馆越来越懈怠，最初斗志昂扬的小老板越发萎靡，外聘的咖啡师都走了，只请了零工的本地小姑娘负责一切。店里陈旧、凌乱、烟雾缭绕，每个人都知道结束就在不远的将来。

六姐偶尔还会出现，又恢复成一个人来，一个人走。她有一个本子，一支绿色的铅笔，一个人的时候总会写写画画。后来和小老板与店员都熟悉了，笔与本子就留在咖啡馆我座位后的抽屉里。

有几次我都想随手把本子拿出来看看，里面到底写了些什么。但是我没有，就像秋天路上的落叶，你随手可以捡起一片看看背面的经脉，但是你没有。

因为不重要，彼此只是彼此的一瞬而过。

包括我之于那家已经倒闭的咖啡馆。

北京　2020.03.18　22:09

044

咖啡馆外，空荡荡的街角，一个男孩子壁咚了和他牵手走过来的女孩子。

女孩子平视着男孩子的胸口，她大概能听见彼此混杂一处的剧烈心跳，我想。

男孩子的口罩捏在手里，也摘下了女孩子的口罩，吻了她。

被吻过后的女孩子这才决意躲开，像是苇尖上突然决意飞走的蜻蜓，倏忽不见。

北京　2020.03.19 16:28

045

书店的咖啡区,有个体格很壮的男人,显然花费了大量时间在健身房。

面前摆着支在支架上的笔记本电脑,连着游戏手柄,从我过来到现在,几个小时一刻没停地在打游戏。他的视力却不能像身体那样健硕,始终眯着眼——减小光圈以增加景深,这大概是不戴眼镜的近视眼最常见的面部表情。

女朋友坐在他身边,瘦弱纤细,确实只像是他的一根肋骨。拿了几本书在桌上,不过由始至终一页没翻,或者盯着自己的一部手机看剧,或者拿起男朋友的手机壳一模一样的手机刷会儿什么。

男朋友在自己的数字世界里沉浸得太深,无论她怎样变换坐姿,或者喝水叹气,男人绝不看她一眼。只在一局终了的时候,才会想起她,和她并列仰靠在一起,算是安抚,然后继续他的游戏。

女孩子戴一顶黑色的棒球帽,正面两个交叠的字母"NY",从她的表情来看,大概是"你丫"的首字母缩写。

北京　2020.04.20 14:37

046

今天我的宝座上坐着一个商务人士,全神贯注地盯着股市大盘,一台笔记本在支架上高昂起身躯,一切操作用的也是自带的鼠标。鼠标不时敲击木桌,响声仿佛硬木树干上心不在焉的啄木鸟。

七年前在西贡,王公圣母教堂广场南侧有家咖啡馆,我走到筋疲力尽时总去歇脚。咖啡馆里总有个男人,一身白色衣服,一台白色的旧款苹果笔记本。笔记本太老了,有次我先到,看他进店后半晌才把有线鼠标与键盘连接在接触不良的 USB 插口上,不像是在咖啡馆,却像是在家不甚景气的电脑公司。

我没有看见他点过咖啡。有天他看见了我,过来和我搭讪。我的英语水平就是碗白米粥,堪可拉升血糖,其余毫无营养,完全无补于健康或者沟通。尤其他说的又是越南口音的英语,所以我完全不记得那天他说过些什么,回想起来只有震耳欲聋的机械键盘敲击声。

  不论当时的记忆如何浓稠，哪怕是碗糯米粥，时间也是不断兑入的水，不断稀释，清可见底。我还能记得的就是那时候的西贡已经很热，冷气十足的咖啡馆与窗外是两重世界。

  咖啡馆的男人西装革履，白西装配着红色的领结，大概像是林黛玉手绢上的一口血，无法忽略。

  窗外的人们行色匆匆，短衣短袖，一双人字拖。

北京 2020.04.28 11:54

047

角落里我的三号宝座坐着一个男孩子,精心修饰过装束,新理的发,发型仿佛窗外新修剪的冬青树。衬衫上的折痕还在,皮鞋光亮得仿佛刚揭去膜的电子设备屏幕。点了两杯咖啡,不时看手机,不时用手去握一下对面那杯咖啡,似乎是担心咖啡凉了。

十分钟前,他等的人终于来了。一个女孩子,绾着发髻——大概是没洗头的第三天——黑T恤、牛仔裤、帆布鞋,右脚脚腕不像左脚那样能看到袜口,估计来路走得太快,右脚的袜子像失意的右派出溜到了脚底。

她很礼貌,也很客气。男孩子的谨慎与羞涩能看出来他是想向她表白些什么,可惜女孩子显然不打算接受他的表白,一直在他的每句话后微微摇头。环抱双手、交叉双脚,躯体语言写满拒绝。没有丝毫笑容,甚至没有打开那杯久候的咖啡的杯盖。

这大概是他们此生的最后一场约会，所以女孩子并不打算浪费时间，我真切地听到她打断男孩子的话，抱歉地说了句"对不起，真的不行"，然后拿起手机扫了眼屏幕，继续她不容置疑的回绝："公司还有事儿。"

女孩子戴上口罩离开，男孩子起身示意要送她但又气馁坐下。虽然这十分钟只在我余光中，可他依然有被人注意到失败的尴尬，心不在焉地刷两下手机，拿起自己那杯咖啡——咖啡已经不多——高举起杯子喝干。却没有去动女孩子碰也没有碰过的那杯咖啡，仿佛那是她的拒绝，苦而且痛。

出咖啡馆的女孩子，走在我窗外，微垂着头，打着电话，眼角充满笑意。她吝惜着没有给予屋里男孩子的笑容，不知道是电话那头谁的春暖花开。

空中满是阳光与飞絮。

北京　2020.04.28　14:59

048

咖啡馆临窗坐着一个女孩子，胖胖的，穿一身宽松的蓝白格布裙。白球鞋，鹅黄色的短袜。手腕上盘着细碎的绿松石手串，涂着绿松石色的指甲油。扎两根小辫，辫梢又是绿松石色的头绳、绿松石色的发卡。

她有些心不在焉，完全没有听见咖啡师连续招呼她几次"美女，咖啡要热的还是冰的？"自顾自地望着窗外，不时看眼手机，不时用手振振胸襟与袖口的褶皱。

画着淡妆，阳光擦过她胖胖的面庞，一层浅浅的光亮的绒毛，像是那年我从酒泉去金塔，荒原上晨曦点亮的一层杨絮。

她张望着的窗外，一个男孩子走在路中，驻足等候来来往往的汽车通过。那是她在等待的人了，她凝视着他笑了起来。

车缝中男孩子的身影，仿佛是她未来人生中念及今日的回忆，忽而闪现，忽而消失。只是不知道那人，会不会一如今日，再向她走来。

淮南　2020.07.06　15:10

049

咖啡馆来了两个女孩子，一个穿着红色小碎花的上衣和红色大花的裙子，黑色的浅口鞋，长发，白玉镯。

我注意到她是因为当她路过我时，像是一只成精的香水瓶打了饱嗝，散发出的浓得像是勾了芡的霸道香水味，仿佛城管一般，把之前弥漫在我身旁的咖啡香与面包香全部赶尽杀绝。不知道我的过敏性鼻炎会不会发作？然后她们俩坐在靠窗的高脚椅上，掏出手机嘟嘴拗造型自拍，那是上风口，于是她们还是涟漪的中心，香水味依旧阵阵扑来。

我跟你们讲，古代有个很厉害的猴子名叫孙悟空，如果他老人家还在世的话，打她们一棒子，你们会看到两股白烟过后，高脚椅面上就只剩下两只香水瓶了。

淮南　　2020.07.21　15:49

050

中午来咖啡馆的时候，仅有的两张有电源能工作的桌前坐着人，无可奈何，闲荡了一圈。烈日炙烤，简直要在路上变成纤薄的肉脯。好在回来的时候，咖啡馆里空无一人，冷气很足，逐渐还魂。

这会儿店里除了我，坐着四个人。

对面另一张能工作的桌前，坐着一个老头。他并不是顾客，只是来乘凉，却占据最好的座位。老头精瘦，脑袋也等比例的很小，招风耳，龅牙凸眼，额头的皱纹像是四只在玩叠罗汉的海鸥。他侧身坐着，盯着店面中心坐着的一对年轻情人，听他们说话，瞄女孩子短裙下的腿。

女孩子白T恤，豹纹短裙，趿拉一双帆布鞋。她和男孩子分享托盘中的两块蛋糕。如何分享食物，是爱情程度的直观反映之一。当然每个人也都深谙此理，在需要的阶段，不厌其烦地以此验证深浅——男孩子不断把勺上自己吃过一口的蛋糕喂给女孩子，女孩子第一次略有犹豫，其后也便佐以微笑一次又一次顺从地吃下。这是示好。

分享完她们的蛋糕，女孩子抖起了翘起的脚，一次一次敲击在男孩子的脚踝上。这是从桌面跌落桌下的继续示好。

他们身后那个戴眼镜的中年女人也在不时瞥视他们，表情表达了对于他们分食行为的厌恶。收起厌恶的表情，继续看她的手机。她的桌面空空，不知道是在等人，还是也在乘凉。

我在等待漫长的下载，我托着脸上生不如死的表情看着他们。他们知道我在看他们，但他们可能只是以为我生不如死，竖起的胳膊上还有血淋淋的伤口。

窗外走过的每个白衣人，都像是面镜子，折射的阳光一次又一次刺瞎我的眼。

淮南　　2020.08.05　14:20

051

咖啡馆里坐着一对神情暧昧加态度昧暖的中年男女。

女人有求于男人，商业上的事情。有求于人，必然下四低三。男人态度倨傲，身体大幅度前倾后仰——前倾暧昧地传授机宜，后仰踌躇地表达自得。

男人穿件黑色紧身T恤，勾勒出突起的胸肌与凸起的腹脂。绣了花臂，头上之前有一辆运送发蜡的油罐车遭遇车祸倾覆，附近村子里的每根头发都去哄抢，于是每根头发都光可鉴人、傲然型定——前倾后仰之间，纹丝不动。

女人跷着腿，脚尖挑着高跟鞋，轻轻摇曳。白色的高跟鞋，像是吊死在房檐上的鬼魂。

淮南　2020.08.22 15:27

052

平时咖啡馆里无比吵闹，人们坐在一起说话，总像是成精的喇叭们分享修仙经验的座谈会，嗓门独立于躯体，不受控地越来越大。

今天咖啡馆里极其安静，不是没有人，而是在座的都是初中或高中生模样的女孩子，她们彼此凑近，用最小的音量交谈，甚至不打扰身旁的空气，安静得让人感觉温暖——而且当她们起身离开时，带走了桌面的垃圾。

如果她们能够如此长大，未来的美好可期。

可是，大多时候，生活如同泥淖。

淮南　2020.08.27　16:54

053

咖啡馆里坐着一家三口。

男人不断在用沉重的语气教育自己七八岁的女儿：我用半辈子的时间才搞明白，什么事情应当怎样怎样。仿佛他的前半生从来未曾荒唐，而是把所有的时间都用来思想。

我认识他，是我中学时代的校友。

"我的中学"，这个词本身就是一种"思想"的反物质，印象中大概只有上课睡觉，旷课打牌。我们这样一帮学渣，终于长大，成为一个单纯孩子的父母或导师，灌输那些我们在孩子时从不相信的鬼话，并且深信不疑这都是饱含人生积淀的大智慧，虽然后来依然在单位里上班睡觉、翘班打牌。

终有一天，我们成为父母，成为我们父母的复刻，像我们的父母教育我们那样教育我们的孩子——并非我们终于知道这样才是最好的,而是我们并不知道还能怎样。

淮南　2020.08.31 15:19

054

咖啡馆里有个胖胖的年轻女人带着两个小女孩，两个小女孩一胖一瘦，分别称呼女人"妈妈"与"姨姨"。

胖瘦未必遗传，胃口肯定遗传，胖女孩迅速吃完自己那份蛋糕，然后翻来覆去表示想再喝一瓶可乐，原因包括但不限于：特别想喝、很久没喝、长期不喝很难受、再不喝可能会死。

瘦女孩满脸同情与无奈，简直恨不能自己化作一瓶可乐，拯救她濒死的姐姐。

淮南　　2020.09.26　16:57

055

一个年轻女人走进咖啡馆,浓妆,仿佛橱柜里人工战胜天然色素的鲜艳西点。

她身后跟着一个年轻的社会男人,裤腰挂着一串钥匙,最醒目的自然是如知了攀在树干上的汽车钥匙,走起路来不断作响。

男人很胖,却穿件白色的紧身T恤,T恤撑得好似某种馅料十足的肠衣,简直透明。双臂是龙纹刺青,作为显示豪迈气质的一部分,他又撩起T恤,龙纹居然盘绕着圆滚滚的肚子——愿他越来越胖,非此盘龙不足以生长,如果腰身瘦下来,不可想象盘龙会萎靡成何等模样?胖胖的长着鳞片的蚯蚓?

电话响起,他自然要用最响亮的嗓门说话,豪迈的江湖是不能低声细语的。女人瞥了男人一眼,让他小声。

男人悻悻然挂了电话,转身去买了真实的西点,端过来请女人吃。女人拒绝，即便托盘递到了手中，依然转手放在一边，"有糖，不吃"。

"糖"确实是一种比龙更加凶残的动物，男人不知道其中的利害，否则应当纹一身甘蔗。

淮南　2020.09.30 15:17

056

不算我,咖啡馆里坐了三挂人。

一对六十岁左右的夫妇,激烈但小声地讨论孩子的心理、人生观、择业观以及各种人生哲学。

几度险些争执,女人不耐烦地准备结束对话,"好了,不说了!"

可是一秒钟后,继续喋喋不休。

而他们争执的中心——他们的孩子,就坐在他们的对面,捧着手机,专心致志刷着朋友圈,仿佛已经把自己的灵魂掏出来,摆在了桌面,只等父母洗礼完毕,就可以装回身体,焕然新人。

一对中年夫妇,边喝咖啡边嗑葵花子,嗑瓜子的声音响彻安静的咖啡馆,像是两只成精的松鼠。

今天周末,重温生而为松鼠的快乐时光。

一个男人,像是年轻的赵传本人,他让我想起我爱听他歌的中学时光。

北京　2020.11.01 13:17

057

咖啡馆里,红衣女人兴奋地发现自己和对面的灰衣男人是同一所中学的校友:"你也是七中的呀?你是九一届,我是六七届!第一届呢!"

显然是在相亲,女主是红衣女人身边的粉衣女人,不知道她们是什么关系,母女,也许。母亲主导了这场中年男女的相亲,事无巨细地拷问灰衣男人,然后再对女儿的相应情况做出解释。

毕业学校只是无关痛痒的外围,问题像是调情的手,逐渐深入敏感,谨慎却肆无忌惮——工作、收入、房产、存款、子女,等等。

如果七中第一届毕业的红衣女人来主导第七次全国人口普查,一颗受精卵都不会从统计结果中遗漏。

也许是对这样直击灵魂的盘诘感觉不适,也许生性腼腆,男人神态越发僵硬,对谈的每个空隙都在放空,斜眼瞄向窗外，绝不正眼去看粉衣女人——也许他在内心反复回味之前的招供，工作并不太好？收入可能太低？只有一套老房？存款实在太少？子女负累太重？

也许根本不该离婚。

他穿得朴素，灰衣黑裤，一双白色特步运动鞋。

淮南　2020.12.20　13:52

058

咖啡馆里来了一个胖胖的穿黑衣服的女孩子,大咧咧地走到吧台大声问:"你们这儿招人吗?"

店长被她的坦然与直率吸引,连忙问:"是你吗?"黑衣女孩回说不是,指向离她半米尾随她的白衣女孩,"是她"。

白衣女孩比她的闺蜜漂亮很多,身材也更好,倒是更适合在咖啡馆工作。不过害羞而腼腆,显然习惯于她豪爽的闺蜜充当她在这个世界的前哨马队。

店长和白衣女孩坐下来谈条件,黑衣女孩站在一旁,"形蜜实妈"的状态。白衣女孩希望每天只工作到晚上七点,店长却说最早也要八点,没有回旋余地。

黑衣女孩拖起她就走,白衣女孩边走边回头道歉。店长一脸茫然。其他店员问明情况,嗤之以鼻,"八点还嫌晚?!"

虔诚的皈依者，往往更乐于训斥胆敢漠视戒律的阶级兄弟。

淮南　2020.12.23 14:54

059

新年第一天,我的咖啡馆宝座被抢了,只差一分钟,前后脚进来两个男学生,瘦小的买单,他的戴眼镜的同伴抢了我的座儿。俩人买了很多食物,蛋糕、泡芙伍的,没有对面却是并排而坐,你一口我一口地分享食物。

想起我在《蒙古国纪行》开篇写的那句:"与异性分享食物大概总会是最初的调情,是在餐桌上以食物替代的翻云覆雨。"那是六年前,毕竟年轻,"异性"二字用得草率。致读者:请拿出一支红笔,在"异性"二字后加括号"含同性"。

片刻,瘦小的男孩子起身又去点了两杯奶茶,拿着小票走到吧台,礼貌地说"阿姨……"咖啡馆里瞬间变得异常安静,我们大概都在期待吧台里年轻的小姑娘因为被人身攻击为"阿姨"而暴怒,拿出她的背包,掏出她每天和口红、香水一起随身携带的雷明顿 M870 霰弹枪,一枪把这个男孩子轰碎，然后他戴眼镜的小伙伴抚尸痛哭，最后变成两只公蝴蝶，另外一名顾客则在现场用她的小提琴拉起了那首著名的协奏曲——但是什么也没有发生，吧台的小姑娘忍辱负重地给他们做起了奶茶。

因为他们没有变成两只公蝴蝶，所以今天下午我也彻底地失去了我的宝座。

令人遗憾的新年第一天。

淮南　2021.01.01 13:40

060

咖啡馆里，我对面坐着的中年女人，背包放在桌上，压着一张CT的扫描片，似乎刚从医院出来。

绿色羽绒服，黑白条纹羊毛衫，牛仔裤，褐色皮鞋，一丝不苟，染过的头发里露出许多白色，她伸手梳理，我瞥见她手背上已经密布老年斑。

这一瞥让我感觉冒犯到了她，窥破了她真实的年龄，我居然没来由的感觉尴尬。

我最近写不出书稿，每天靠着摘抄大量史料来安慰自己，证明我还在工作。她也在放空，仰靠椅背，看着窗外的半空。

今天纯净的晴朗，半空白色的楼房不能直视，太过刺眼。她戴着细框的眼镜，防眩光的涂层倒映着窗外的半空，摇曳的残余枯叶的树影，窗玻璃折射的路人身影、车影，以及风掠起的一切的身影，倏忽而过。

后来，她低下头，镜片上的世界瞬间归于无。

抬手轻抚桌面，抹去莫须有的尘土，深吸一口气，轻叹一口气。

淮南　2021.01.08　13:09

061

前面四个大姐，咖啡馆的常客，所以即便带了螃蟹、田螺和瓜子过来春游，店长也是无动于衷，不像昨天年轻人过来，拿杯麦记的可乐都不依不饶。

她们都是生意人，听起来做的是服装买卖。

最后过来的粉羊绒衫女人说她找了半天车位，还撞了别人的后保险杠，"不过没人看见，跑了。"我想她应当试着把自己的嘴绑在前保险杠上，适当撞几下，也许能矫正过来她的龅牙。然后她说起看了今年的某宝花费，"二十多万，花了二十多万！"

其他三位似乎不觉得自己有捧场的义务，无人接茬。

坐她对面的女人，米色羊绒衫，紧身牛仔裤，帆布鞋。过来的时候，向在座的两位展示她的腿，两位老闺蜜那回恪守义务地称赞"真细"，像是两棵泡桐看见走过来的龙须面。她也乐得相信，解释之前腿粗，"就是裤子板型不好。"坐下，整理裤脚，露出鞋口的丝袜，"教练送了八双。"

"什么教练？"闺蜜问出了我的好奇。

"健身教练呀，我去锻炼，送了我八双丝袜。"

淮南　2021.02.03 14:46

062

前天来的四个女人,除了教练送了八双丝袜的那位,其余今天均到,包括龅牙的大嗓门。整个咖啡馆充斥着她极具侵略性的声音,大家不时用眼光刺她,可惜眼光无能,她依然活着。

她们不断与店长搭话,看起来特别享受与店家熟稔的感觉,其实,更多是享受由熟稔而带来的特权。坐下没多久,收银员过来说,你们昨天三杯咖啡还没有付钱。店长大约是觉得当众催账未免有碍观瞻,打圆场补了一句:"我们这儿从来没有人后付账,所以忘了也正常。"

片刻之后,外卖小哥进来,给她们送来几杯奶茶。店长实在忍无可忍,过来赔着笑脸小声说道:"都不允许外带饮料的,你们稍微遮挡一下,不然我们也难做。"——我觉得店长肯定不会以与她们熟悉而愉悦。

龅牙的声音太具穿透力,我的耳塞简直要在耳道中化为齑粉。如果有天她和朋友们愉快地聊着天走过猪笼城寨，二楼关紧门窗戴着耳塞熟睡的包租婆大约会以为失散多年的同门师妹找上门来了。

龅牙慷慨激昂地痛斥一个表妹要二胎的打算，表妹觉得委屈，反诘："为什么你能要二胎？"这便引出了龅牙主要想表达的观点："你们一个月赚多少钱？加起来八千有吗？我一个月不算两个孩子的教育费用，光是吃就一万块钱，我一年经手花出去的，啊，少说三十万，这还不算你哥在外面的应酬。"另外两位低声附和，多角度阐述不是特别有钱就要二胎的危害，仿佛世上所有的二胎家境都可敌国。

后来龅牙批评起这家实际由面包房兼营的咖啡难喝，"太酸"。她的老闺蜜小声说这里的咖啡便宜，她答非所问地回答："还是星巴克的咖啡最好喝，我一个礼拜起码要去三次。"

淮南　2021.02.05　16:19

063

昨晚睡了不到四个小时,这会儿很困,咖啡正在体内和困意纠斗,胜负未卜。

咖啡馆来了一个很有趣的小姑娘,她鄙夷不屑这二十五度的天气,我只穿着 T 恤仍在出汗,她却裹着抓绒外套,并且扣紧了衣领最高一粒纽扣。

她的有趣,在于她对渐变色的迷恋。

外套是蓝绿色渐变,十个手指的指甲油满是各种暖色系的渐变,整个人色彩缤纷,像是打翻了所有果浆的糖果铺子,五颜六色却又莫衷一是。

她的双颊绯红,像极了日晒妆,可是小蒜头鼻尖也有同样一点绯红,所以我想她可能只是太热了。太热却不愿解开一粒纽扣,果然是和天气有些过节。

而且她的头发,蓬松地笼罩着她直径不小的脑袋,包括直挂眼前的头发帘,仿佛浴帘,热气儿如何能不把脸颊燠得绯红？

  我在等困意与汗意退去，我想象着暮秋的乌鞘岭，山风从我和枯草身上踏过。

淮南　2021.02.21 14:05

064

咖啡馆四姐妹今天来了仨,"教练送了八双袜子"一直很安静,专心致志消消乐。而且今天很幸运,龅牙姐背对我而坐,所以我哥窑开片的耳膜今天没有碎成瓷片儿。眉心痣坐她对面,来得最早,慵懒地打着电话,说她转战麻将场的勋绩。令人羡慕,要么和老姐妹泡咖啡馆,要么和老战友泡麻将馆,生活闲适,不用写书。

那个看起来生活条件逊于她们仨的姐妹,很久没有出现,可能忙着工作,揾钱糊口,不可能像她们仨这样每日无所事事杀时间。

都是这样,最初,比如学生时代,我们只是搅在一起的浑水,浑浑噩噩。后来,开始沉降,有些淤在水底,有些浮在水面,一层一层,截然分离。

淮南　　2021.02.21 15:32

065

咖啡馆的常客，除了三姐妹，就是仨聋哑人。总是其中单身的那位先来，总是喝过酒，酡红着脸，总是面向门窗而坐，掏出他仿 LV 保护壳的手机，支好，开始视频聊天，手舞足蹈，嗯啊叫喊，欢愉快乐。也总是他请客，买上三杯最便宜的奶茶，等着总是随后就到的一对聋哑夫妻。

大多时候，三人各自支起手机，各自开始视频聊天，仿佛他们生活在遥远世界的另一端，那里才是他们的世界，那里生活着无数与他们相同的人类，有听力并能言语的他者才是异类——言语在那里毫无用处，于是他者也会逐渐沉默，直到彻底遗忘言语。

聋哑夫妻总是穿着一身黑，今天天阴，满屋的漫射光下能看见他们的衣服后背泛着油腻，显然已经许久未洗。

另一名顾客，穿着砖红色毛绒外套的女人，坐在他们身边的高脚椅上，侧过身体，毫不掩饰自己好奇地盯着他们，打量着他们的手语，并且毫不掩饰自己的笑，笑他们异常于我们而显得滑稽。

咖啡馆循环着起码一年未曾变换过的背景音乐，隔音很好，窗外车来人往却阒寂无声，仿佛实物原大的无声电影，剧情枯燥，毫无冲突。

在背景音乐的间隙，突然安静的过场，才能清晰听见窗外世界的声音，那是现实的猛击，生活中一切相同与不同的改变蓦然升腾于心中，于是安宁与痛苦，直到被下一首音乐的嘈杂掩盖。

淮南　2021.03.17　14:42

066

找了家太平洋咖啡,假装工作。旁边一个女人,要了三杯咖啡,她在等待另外两个人来。

坐她背后座位的红衣女孩子,点了一杯冰美式,作为支架,撑起手机,与美颜相机中的自己顾盼生情,然后发朋友圈,刷朋友圈,沉溺于自己的美色不能自拔。

这家太平洋咖啡比北京前门大街的那家要大,却没有合适用来工作的桌子,所以我只能假装在工作。我有些想念王府井那家太平洋咖啡馆的宝座,靠窗,窗外有一树花。

等待的两个人到了,是一对夫妻。三个人为了谈话方便,换坐到我前面并排的两张桌。女人聊得很热烈,男人百无聊赖坐在旁边。短发、平头,戴一条铂金手链。

女人背后那个沉溺于自己美色的红衣女孩子,大概是觉得他们吵,于是也换了位置,坐在我身后。然后,铂金手链的眼神，呼啸掠过我的耳侧，打望我身后的女孩子，凝视我身后的女孩子。

他偶尔会收回目光，敷衍身边两个女人的聊天，微笑着，点点头，表示首肯。然后目光退却，像是参与大人应酬而无聊的孩子，终于退出门外，撒欢儿跑开——跑开的目光再次呼啸掠过，打望与凝视着我身后。

他的媳妇完全没有注意到，只顾着和等她到来的女人传授她人生的成功心得。说一口标准的普通话，如同平坦的土地般格格不入于重庆这座城。

重庆　2021.06.11　15:31

067

我每天正午来咖啡馆，抢角落的座儿。今天有对年轻人坐在角落座儿的旁边，其他地方很空，我和他们道歉坐这么近，"因为只有这个电源插座能用"，一个我自己觉得不错的借口。

女孩子五官与妆容精致，真诚地笑起来说没关系。这让我觉得她友善而可爱。

男孩子内向许多，只是默默地向旁边挪了挪椅子。他身材高大，如同运动员，却是在兰州读农林大学。他像所有所谓的"直男"那样向女孩子认真解释她的每一个问题："牦牛是高海拔生存的动物，生活的地区海拔起码三千米……"

女孩子礼貌地报之以"哦？""是吗？"并且适时附以表达"真有趣"的笑声。她喜欢他，否则不会敷衍得这么妥帖与认真——敷衍是礼貌，懒得敷衍即便不是厌恶，起码也将形同陌路。

　　后来男孩子邀请女孩子一同午饭，两人结伴而出。女孩子个子不高，只到男孩子的肩，虽然她穿着一双红系带的高跟鞋。男孩子弯着腰，放慢脚步，开门等她。

　　为了这场约会，他们都很努力，在大学某年的暑季。

淮南　2021.08.01 12:36

068

昨天周末人多,那对中学生小情侣来咖啡馆看见没有合适的座位又走了。今天再来,还是腻着坐在一起,只点一杯咖啡。两人都带了暑假作业,男孩子一边用嘴问女孩子题目的答案,一边用手在女孩子身上摸索答案。

女孩子专心致志于作业,坚定得有如摩诃萨埵,舍身饲小男友,不迎合,不躲避,仿佛身体截瘫已久,神经末梢早成枯骨,对于爱抚全无反馈。

男孩子的饥饿显然无法通过指尖吃饱,忽然出门,片刻回返,提了两包油炸排骨,咖啡馆里的气味瞬间不堪。十米外吧台的服务员鼻子也不瞎,刚才过来,提醒他们不要外食,"味道太大了"。

远处天天来的眼镜男,总是坐在店中的长桌上,每天换身衣服,却不换那只印着"Royal College"字样的帆布袋。好在,最近他没有再用英语打视频电话,大概那边的

"College"国而忘家，就像听差打翻墨水瓶淹了陆子潇那封行政院的来信之后，再无信来。

他的女朋友，也是还像平常那边远远坐在他对面的圆桌旁，写作业，大概。不时靠在椅背，远眺五米外她心爱的男朋友，等他抬头回望过来，她会像离水的鱼那样啵嘴，却没有水泡，而是密集的虚拟的吻。

我低头盯着我两只丧偶的袜子出神。右脚是浅灰的，左脚是深灰的，他们都失去了自己的另一半。不知道在哪儿失去的，陕西、四川或者重庆某地，总之回来之后，他们形单影只。今天出门找不到干净袜子，我就把他们撮合到了一起。

两只袜子颜色不同，左右不分，性别不详，彼此在一起，不知道是《甜蜜蜜》，还是《春光乍泄》?

淮南　　2021.08.02 15:13

069

来了两个男人,坐定,像是两柄唢呐,咖啡馆瞬间噪了起来。

面朝我的男人,穿件紧身衬衫,红底印着白花绿叶,仿佛小时候我盖的被子成精,独自走了进来。紧身黑裤,裤襻挂着汽车、家门乃至女人心扉的种种钥匙,看起来沉重无比,每天能够独自提起裤子,端的是有一身好膂力。

他的同伴穿着随意许多,T恤、牛仔短裤、皮凉鞋,唯有嗓门不输对面一身紧衣的好汉。

能够压制他们的音量的,是坐在店中长桌旁的眼镜男惯例的英语视频电话。莱克星顿口音仿佛不屈的美国独立精神,生生压制住两柄唢呐。

两柄唢呐下意识低声,毕竟照顾"国际友人"是中国人的传统美德,哪怕"国际友人"黄皮黑发,还穿一双鞋底厚如城砖的运动鞋以补身高。

所有公共场合高谈阔论的人都让我烦躁，祝他们下辈子尽皆托生为长颈鹿。

淮南　2021.08.03 15:26

070

隔壁的隔壁那桌，我来的时候就坐着一个年轻男人，二十多岁年纪，瘦、矮而黑，黑衣黑裤，整个人仿佛明亮的咖啡馆里的一团暗夜。

他没有买咖啡，只是干坐在那里，盯着自己的手机，外放欢快的音乐，整个人随着节奏摇动，忽前忽后，忽左忽右，几近癫狂。

刚才，他的妈妈来了。瘦、矮而黑的女人，发髻挽在脑后，白底红色的纱裙，白布球鞋，老式的肉色短丝袜，袜口松垮。

她弯腰问候儿子，手提的无纺袋里掏出塑料袋，塑料袋里装着四五只一把香蕉。儿子喜欢香蕉，拿过来，一根一根剥着吃得干干净净，指着垃圾桶的方向，女人起身去扔香蕉皮，脚后跟松垮的袜口脱了线。

这会儿，两个人并肩坐着，女人掏出超市打折的商品海报，仔仔细细一行一行地看。偶尔指着什么给儿子看，儿子勉为其难地把目光自手机上移开，停止摇摆，点头或者摇头——大约是喜欢或者讨厌的食物。忽然又从无纺布袋里掏出一小袋点心，凑近儿子的鼻子，"你闻闻，真香。"——这句是我的唇读。

儿子穿一双橘底海军蓝色的耐克运动鞋，左踢右踹，如同踩进泥潭，甩不净，挣不脱。

淮南　2021.08.11　15:31

071

写第一本书的时候，在家里。午后，奶奶偶尔会坐在我身边。奶奶不在了，这成为不可再的日子。

初去的咖啡馆，是个富二代用来试图挽回前妻的幌子。难得他深情。在那里写了两本书。他的前妻没有回来，他的咖啡馆也倒闭了。不过店面都是他家的家业，所以无所谓。

再去的有咖啡的面包房，今年改造了，不再有适合写东西的桌子，于我而言几近倒闭。再不会去。

而写《陇关道》的咖啡馆在北京前门大街，大概率也不会再去了，又是一家倒闭的咖啡馆，于我而言。虽然我愿意它永远在那里，那张桌子与那棵花树，隔着一扇窗，树下永远会有掐花拍照的游客，桌边永远会有其他工作的人，去而复返，或者再不回来。

现在这家星巴克，是我在这城里唯一能够找到可以写作的地方了。这趟旅行，两个月回来，这座小城市居然有不少改变，开车最常掉头的路口封了，通往公墓的山路改造了。我真担心这家星巴克也倒闭了，还好，他在。套用《茶馆》常四爷的话："我爱他，我怕他亡了。"

真的。

两个月前，夏天，天天来店里的那个总是用美语打视频电视的眼镜男和他的女朋友都没再来，应当是暑假结束了，他们回到了遥远的"Royal College"。

来了新的服务员，不知道走了谁？眼熟的服务员还在，每天衣着精致地来，然后换上工作服，换一双松垮的短靴。肯定合脚。

山还在，山不陂；水还在，水不涸。道路也在，树木也在，依然叶绿，温暖如初秋。只是要冷了吧？北方今天有雪，雪在赶来的路上。

今天，前门大街那家咖啡馆，雪中的树下没有人了吧？

玻璃窗内的桌子前，不知道坐着谁？

淮南　2021.11.06　11:50

072

我的宝座坐着两个中老年女性，她们不是来消费的，而是来借洗手间换衣服的。红衣女人包里大杯套小杯地塞了很多纸杯，"这是这里的，"她边和米色羽绒服的女人说，边掏出里面的小杯，"还有肯德基的。"

一瞬间我能理解她的心思，她本打算放个纸杯在桌面，好让店员觉得她是有消费的，但是因为发现我在近旁，还是不好意思，又把纸杯收回包里。——这个细节让我觉得她是个很体面的女人。

她戴着酒红色贝雷帽，桌面还摆着三顶草帽，一杆三脚架，一个手机支架，显然刚从哪里拍照回来。她们说起摄影师，说起自己的自媒体，说起过往的拍摄体验。类似广场舞，她们是那些热爱组织摄影活动的女人，她们享受自己成为模特的时光，她们喜爱镜头中远比现实更美的自己，红衣女人妆容精致，长长的假睫毛如同多雨海岛的棕桐叶。妆容虽然无法完全掩盖老去的年华,但是起码你能看见她们努力挽留老去年华的努力。

如果她们年轻的时候,就能像现在这样方便地拍摄、录影,她们能有充斥现实与记忆的美丽青春的记录,会不会现在不再那么痴迷自拍?

也许会,更也许不会,青春与美丽无所谓过去曾有多少,有所谓的是现在还剩多少。

我继续看我的书了。

淮南　2022.01.19　13:49

073

　　一对夫妻，坐下就开始吵架，男人努力压低嗓门，女人很暴躁，不断呵斥男人，仿佛很委屈，反复提起上次吵架的气现在还没消，这又开始新的争吵。

　　她皱着眉头，满脸厌倦，把咖啡当作冰袋敷在额头。男人试图去攥她的手，她极不耐烦地甩开。

　　从无感到喜欢是可逆的，从喜欢到厌倦则是不可逆的，单程票，终点一片荒芜。

淮南　2022.01.20　16:23

074

这趟回来，这家星巴克有几张常来的新面孔。这么说吧，按照先来后到的顺序，如果我是这家店的夏商周，那么多了几个晚清民国。

有个约等于晚清的姑娘，戴副金边眼镜，爱噘嘴，侧面看有点儿像是强夫，擅使一台IBM。我不太喜欢她，因为她太吵，而且吵得很奇怪。她打字有个习惯，会用右手大拇指非常用力地敲击空格键，于是从她那里不断发出无节奏的啪啪声，仿佛心不在焉却又不得不敷衍的春宵。

那个在店内正中长桌蹭座的小伙子也在，他是熟面孔里的民国，民国三十八年吧。今天他从包里掏出一盒奶茶，调配好，拿着杯子出门，不知道去哪里接了热水回来。他不好意思直接在星巴克里要热水。店长一直盯着他，好奇之外，也有些嫌恶，但是当然不会驱赶他。

刚才，店里忽然响起纯正美语朗诵文章的声音，听内容是 Elizabeth Gilbert 的那本 *Pilgrims*——这句是我编的，显得学识渊博，却又不动声色。——我听不出声源，但肯定不是空格啪啪女，也不像是远处又从 Royal College 回来了的美国留学生，他戴着耳机。他的女朋友，那个衣服花色比我思想还丰富的女孩子，也不会是，他们的美语都好到不用再去鹦鹉学舌。

我实在太烦这种噪音，于是起身踅摸，原来声音来自蹭座小伙子的平板。我礼貌地问他："你有耳机吗？"他恍然大悟地意识到问题，识趣地关小了声音。他是所有来蹭座的人里最有眼力见儿的，希望他常来。

今天，有个绿裙的店员，胖胖的小姑娘，每次走来过去，就像一瓶没盖盖的香水瓶翻来覆去。

如果香味如同沙尘暴，我现在大约已经土埋半截了。

淮南　　2022.03.22　15:50

075

兴隆镇人也很少穿人字拖,人字拖常见于肤白如炼乳的初来的小姑娘脚下,本地人就是一双最简单的拖鞋,市场上最便宜的那种,蓝色、黄色塑料的,方便随时抽出脚来,搭在椅子上。

咖啡馆都有饭吃,各种粉,汤粉、炒粉,还有云吞。摘两根生菜,撅成几段,焯水。菜市的猪肉佬,得空会把里脊或梅条切成薄片,粉店买去,拈出几片,焯水。菜与肉一起码在粉上,嫩绿与粉白,配着几星浓绿如山峦的葱碎,一双筷子一把勺,囫囵吃下,粉滑肉香,却不胖人,要不海南人都瘦呢?

完了呼朋唤友,一人一杯咖啡奶。炭烧的咖啡,一小盅炼乳。或者直接将炼乳兑进咖啡,海南的朋友告诉我饮法。轻搅沉底的炼乳,咖啡变色即可。喝去若干,开水兑满,再搅开些许炼乳,如此反复,等于免费续杯。当然再点一壶咖啡续兑更好，或者如南桥镇上的咖啡馆，只是一壶开水，却也无妨，重要的是闲聊，研究彩票，即如海南人自谑的春联：

"三五日打七星彩，

天天都打排列五。"

炭烧咖啡洗涮后的枯肠，市场中自然有可滋润的脂肪。烤鸭、烤肉、烤乳猪，外表酥脆，肉却水滑，切上半斤，不拘哪里坐定，比如街头巷尾的猪脚饭店，肉摊在桌中，再来一份猪脚，一份扣肉，店主送的两份蔬菜，山兰酒斟满，直喝到天光散尽。左右东北人的烧烤生意热闹起来，烟熏火燎。

入夜，总有一阵雨，雨声淹没虫嘶蛙鸣。

空调开足，一宿好睡。

万宁兴隆　2022.05.14 19:05

076

鸳鸯轻轨站北的星巴克,一个女人进店。等她的男人很老了,左颊上一块斑蝥大小的老人斑。

女人忙不迭说抱歉,具体的话语听不清,只能听见一个又一个尖锐而无可奈何的字眼:"核酸"。大约核酸检测的问题,耽误了她的行程,因此姗姗来迟。

他们谈论的是公事,关于建筑装修。

女人三十多岁年纪,一身黑色装饰,黑色圆领上衣,白纽扣,金边刺绣出翻领的轮廓。一条金项链,珍珠耳环,头发扎在脑后,双手交叉叠在腿上,挺直身体,始终面带微笑地交谈。

非常职业女性的姿态。

坐她对面的男人越说情绪越激动,身体不断俯仰,抬起手来比画,又放下手去敲击桌面。甚至一度站起身来,让我看见他有些愤怒的面孔,浓密的眉毛弓起,像是两只受惊的黑猫。

男人面前已经喝完两杯浓缩，续上一大杯拿铁，不断仰天狂饮，真是让人担心他的心脏。女人依旧保持耐心与微笑，唯一的不安的情绪大约只在桌下不断揉搓的手上。

很多时候，女人看起来远比男人成熟，或许是她们在生活中会面对更多焦躁的情绪与焦躁的人。

只有黑夜才会唤醒路灯的光，正如晴朗才会有无处不在的阴影。

重庆　2022.07.21 15:27

077

我刚起身,一个女孩子蹦蹦跳跳地拉着她的男朋友坐下来。刚走出一步,听见女孩子说:"可是谁给我们拍照呢?"

"我给你们拍吧。"

"谢谢呀!"女孩子掏出她的手机,试看一眼,忙不迭在裙摆上擦干净镜头,再递给我。

手机屏幕中,女孩子双手挽紧男孩子的胳膊,头靠在他的肩头,开心地笑起来。男孩子却有些拘谨,想笑却又害羞。

有些恍惚,仿佛许多年前的自己正在自拍。

西安　2022.09.13　21:28

078

下午的咖啡馆冷冷清清，隔音很好，窗外的街道有如情节沉闷的默片，车来车往，阒寂无声。

来了一男一女，四五十岁年纪，穿着公务，背着黑色双肩包，远远坐在角落，背身对我。

点咖啡的时候他们很客气，显然不是夫妻。同事？不得而知。女人侧过身看着男人，一枚珍珠耳钉，在冷冷清清的咖啡馆里熠熠生辉，仿佛液晶屏幕上的一颗坏点，微小却难以忽略。

两杯咖啡，一杯抹茶冰激凌。

女人主导着他们的聊天，身体不时凑近男人，配合话题情节，轻拍男人的腿，轻拍男人的后背——不过还有矜持，触及身体的是手背而非手心。

男人回视她微笑，她拿起冰激凌，浅浅舀起一勺，半入唇内，舌尖卷起抿下，回视回视她的微笑，耳边那粒珍珠闪烁着光。

　　终于，就在刚才，她舀起的冰激凌送进了男人的嘴里，何其意料之中。

　　女人放下冰激凌，欢笑着仰靠椅背，环顾一眼四周——当我发现她转头的瞬间已经藏起目光——然后双手背在椅背之后，指尖跳跃着挠起自己的手心，那粒光依然在跳跃，仿佛调皮得逗的孩子。

　　　　　　　　　　　　　西安　　2022.11.04　16:51

079

邻座过来一个胖胖的女人,和她的同伴说她最近的生活。归纳起来,疫情期间,她胖了二十斤。

为减肥她去找了中医,经验之谈,"四十多岁的中医水平是最好的",颇具自由心证的意味。中医劝她多运动,她回答说:"我就是不想动。"

"管用!"她说不惑的中医给她开的方子,"但是不能心急,慢慢喝,长期喝下去,就会起作用。"

听她聊天的内容,她是某所学校的老师,老公大约也是同事。

"特别惜命,"她说老公,"阳过之后,整整二十天没有洗头,不敢碰水!"

淮南　2023.01.18 14:28

080

群光广场的星巴克,有个黑胖子的女朋友大概要和他分手。

他侧身而坐,朝向女朋友,前倾身体,努力解释,面色凝重,能看出来是在许诺,许诺之后加句"行不行?"然后等待女朋友回答。女朋友端坐,朝向与黑胖子九十度交错,环抱双手,肢体语言摆明了抵触与抗拒。

说了许多,黑胖子站起身来,伸手想拉女朋友起身——如果女朋友递手让他拉起来,那么一切也就和解了,一切打了折扣地重新开始,直到开始分歧。但是女朋友并没有递手,依旧端坐。

事情不太妙。

与黑胖子一起进来的三个朋友,两男一女,坐在附近,窃窃私语。女朋友拒绝起身,黑胖子重新坐下,他的一个朋友大概听到了什么,掏出一张纸巾,走近递给了女朋友——虽然他的举动很体贴，但我觉得不该对朋友的女朋友过分关心吧？

这家咖啡馆上个月来了个女娃，总会忽然起身在店里兜圈子。面色凝重，一身白裙，感觉有点儿诡异。而且不断桌前走过，令人分心，让人焦躁。今天女娃又来了，又在绕圈，心烦意乱的黑胖子恶狠狠地看向她，我很希望他能迁怒于绕圈的女娃，起身打她一顿。

她绕得所有人都目眩神迷，这是咖啡馆，又不是他妈的白塔寺。

黑胖子再次站起身来，虽然女朋友还在用纸巾擦拭眼泪，但却看向他，与他说话，身体也逐渐转向他，两人的朝向角大约只剩七十度。

如果他们和好能让那个绕圈的女娃原地爆炸，我希望他们白首偕老。

西安　2023.05.02　13:59

081

今天咖啡馆很多人，沙发角落的女人，天天都在，用iPad刷些什么看着，无所事事的样子，不知道都在做些什么。

旁边一桌，两个胖女人，一个瘦男人。胖女人在我旁边坐定，随手把桌上别人剩下的咖啡杯放在我的桌上，她仅存的良心气化了，所以才把身体充得溜圆。男人买来咖啡，三个人笑浪形骸。男人随他的兴奋程度变化抖腿速度，嗓门大得如同敬事房的刀钝了。

那些可爱的动物求偶是靠展示他们美丽的翎羽、动听的啼鸣、勇猛地争斗、坦率地分泌信息素，那么人类只剩下吹牛X了，拼尽平生的肺活量，老脸憋得通红。女人努力憋出夹子音，扑扇着人工合成的假睫毛，忸怩作态，装腔作势。

对面一桌，先前只有一个女人，等来的男人提六饼茶。隔壁桌遭遇钝刀的男人要比较，要炫耀，说自己家里也有很多很好的单丛什么的，女人恪尽职守地赔笑夸赞，男人腿抖得仿佛钝刀又通了电，女人笑得上牙龈仿佛通天高的舞台落下的猩红幕布。

再后来，提茶进门的男人躲开，坐远。又一个男人进门，与女人及桌上的六饼茶坐在一起。两个男人彼此不认识，也不打算认识，平白留下六饼茶偷听。

隔壁桌的两女一男，原本各自说着自己的老公、老婆与娃，仿佛清清白白，刚才通天猩红幕布起身先走，前脚刚出门，后脚本坐对面的男人就坐来留下的女人身边，紧紧贴在一起，音量也降低了，语气也温柔了，不知道他们彼此的老公与老婆现在正在哪里打野？

           西安 2023.09.22 15:21

082

坐在我眼前高脚椅上的女孩子，大约为了今天和男孩子的见面，特意穿了一双崭新的敞口鞋。就像《洗澡》的尾声，许彦成将要搬家前姚家的晚宴，换上一件烟红色的纱旗袍，光着脚穿一双浅灰麂皮凉鞋的姚宓。

不过，新鞋磨脚，她在脚后跟贴了创可贴，却依然没能挡住鞋边的粗糙，创可贴边缘已经通红，渗出血丝。她大概很疼，不时把脚跟从鞋里抽起来，仿佛潜水的人探出头来换气。却又依然保持矜持，每当有人路过，会立刻穿好她的新鞋，双脚并拢，然后继续附和着微笑，附和着点头与答话。

人与人在一起，将熟未熟、将爱未爱、将床未床的那些过渡的瞬间才最可爱，就像朱生豪当年写给宋清如的情诗，"做人最好常在等待中，须是一个辽远的期望，不给你到达最后的终点，但一天比一天更接近这目标，永远是渴望，不实现也不摧毁，每天发现新的欢喜，是鼓舞而不是完全的满足，顶好是一切希望化为事实，在生命终了前的一秒钟中。"

永远接近希望，不实现也不摧毁，直到死前最后一刻化为事实，这样也便不会再有逐渐淡去或者因爱成恨的时间。

可惜，人的贪婪总会让人觉得越快落袋为安越好，然后一切随他去吧，再也不会为你换双新鞋，忍着痛，却心花怒放。你也懒得再与她坐在咖啡馆，欢笑着说一下午的情话，不看一眼手机。

淮南　2023.09.30　16:18

083

咖啡馆有两种借座的人。

中午那会儿,一对母女,肤色黝黑,假期进城来逛商场,中午舍不得花钱进饭店,买了一盒冷面之类食物,进咖啡馆来借座。

角落坐下,悄无声息吃她们的面。女儿大概零食吃饱,只顾低头看她的手机,当妈的不时夹给她一筷子面,她目光不离手机地抬口吃下,安静得如不存在。

后来待我再看过去,她们已经走了,桌面干干净净。

另一种,时常得见的一些人,借用完洗手间,轻车熟路地去吧台扯出厚厚一摞纸巾,两张擦干手,其余装进包里。

不论咖啡馆有多少人,座位有多紧张,他们也一定会找张桌子坐下,把桌上的空杯空碟堆在一边,或者索性堆上别人的桌子,然后刷他们的手机,或者沉沉睡去。

无论富足与匮乏，总有些人可以敏锐地感知环境，共情他人，而有些人永远只有他自己，任何场合都是他的床、他的炕。

淮南　2023.10.02 14:19

084

咖啡馆的对角坐着一对年轻人,女孩子面色潮红,热的,这么热的咖啡馆里她依然紧紧地裹着厚重的白羽绒服,没有暖气的地方人很可怜,从来没有进入室内脱外套的习惯。

坐她对面的男人,黑色西装外套,只衬一件天蓝色衬衫,努力装作轻松的样子,每一句对话都附上一阵短促的笑声,而且声音巨大,吵得我身上一阵一阵汗涌。

他们是来相亲的,彼此努力在寻找共同的生活轨迹。忽然发现彼此都在一所中学读书,终于可以打破尴尬地没话找话,于是之前的半个小时,他们的话题都没有离开那所该死的中学。

他们说起学校的格局,教学楼的格局,班级的格局,彼此共同认识的某个老师,翻来覆去,然后再次说起彼此共同认识的某个老师,班级的格局,教学楼的格局,学校的格局。

男人一阵又一阵短促而吵闹的笑声之后，他们又说起学校的格局，教学楼的格局，班级的格局，彼此共同认识的某个老师——还有某个共同认识的同学，"哈哈哈哈，"男人短促地笑过之后，拿起他始终攥在手里的蓝绿色手机，"你看，我还有他微信！"

我觉得他们没戏，很多人就是这样，没有一见钟情，那么从第二见到死前最后一见依然不会钟情。

女孩子始终正襟危坐，双腿并拢，身体后倾，搔耳挠头。男人同样身体后倾，双腿朝向过道，仿佛随时想要逃跑。

学校的格局终于走进死胡同，俩人掉进死胡同里沉默的陷阱。

淮南　2024.02.17　14:57

085

咖啡馆里有一个男娃一个女娃,高中生或者大学新生模样,坐在一起做作业。

都戴眼镜,男娃的近视程度显然更甚,眼睛几乎贴在课本上。女孩子的头抬得高些,写会儿作业,转头看眼男娃,忽然嘴角会有一抿笑,仿佛夏日午后林荫下沉沉睡去时,悄然落在脸颊上的一片轻盈的树叶。

当然男娃没有看见,他全神沉浸在自己的作业中,但他忽然也会伸出手来摩挲一下女娃的腿。所以,他知道在他看不见的身后,会有一抿笑,就像虽然你不曾看见身后的落叶,却见落叶的影子在眼前的地面划过。

群光广场歇业已久,底商硕果仅存的这家星巴克,时常顾客寥落。

我与两个娃之间,只有另一个男人独自睡去,他桌上的咖啡冰已融尽,背景音乐是不知道哪名女歌手翻唱的

《爱要怎么说出口》，我还是男娃的时候的老歌了。

  其实我们后来都知道，爱是不需要说出口的。她的爱就像你闭着眼睛走出门，是冷风刺骨，还是烈日灼身，并不需要谁来告诉你。

  你就是知道，就像知道她会偷偷张望你，然后一抿笑折叠在嘴角。

  不是吗？

西安　2024.08.20 15:42

086

咖啡馆来了个男人，油头，穿双比例明显过大的皮鞋，整个人像是艘插了风帆的远洋邮轮。

大约半个小时，他等的人过来，是个年轻女娃。男人并没有给女娃也点一杯咖啡，于是两人隔着桌上的一杯咖啡相对而坐。

男人说话声音不小，隔着整间咖啡馆我都能听见他在说些什么。开始说的是剧本、电影、演员、特效之类的话题，他应当是个线数不明的龙套演员吧，大概。然后说起助理的工作职责，女娃可能是想面试他的助理工作。

我开始感觉困惑，以他完全陌生的面孔，还需要助理吗？

女娃回答起自己的专业，声音也逐渐高亢——很多人都会觉得音量与真实性与正比——所以俩人的对话越发明晰。女娃在说自己的工作履历，做得如何如何的好，但是显然的悖论在于，如果她真做得那么好，为什么要来屈就这个小龙套的助理？

后来，男人说起自己在泰国买了房，正在想办法怎样办理拿到泰国的身份，女娃惊奇地问："你在泰国买了房？你都买了房还没有身份吗？"男人扭头看看左右，然后从仰靠的椅背中坐直，身体再向前倾，开始和女娃小声地解释。

等到再度后仰的时候，他恢复大声地和女娃说："以后一起去泰国呀？可以住在我那儿。"

女娃笑着加说："好呀。"

男人又立起身子，正色问道："你喝点儿什么？"

西安　2024.10.12　16:36

087

下午咖啡馆来了个女人,仿佛有人朝咖啡馆扔进一瓶香水,摔碎在地。她并没有点咖啡,而是娇声向店员要杯水。

"你有自带杯吗?"店员问道。

"没有呢。"

"你要冰水还是热水?"

"温水呀。"

她拿着她的温水坐在我的左边,就像那瓶香水摔碎在我的左边,难以忽略。

片刻,她等的人过来。一个年轻男人,不断在我的余光中抖腿,以至于我总感觉是自己的眼球病理性震颤,仿佛海上钢琴师的朋友托尼,那个光头的白胖子。

年轻男人忽然说到他有个别人介绍的女朋友住在附近,"就住在某某",他说了一个豪华别墅区的名称。

"哦！"女人惊叹。

男人改作隐秘的口气，压低声音说起："她爸爸是韩城某某协会的会长！"

"哦！那很好呀！"女人继续拿腔惊呼。

"很好什么呀？我送她回，一看住那地方，就算了吧。"

"为什么算了？"

"门不当，户不对。"

"那有什么呀？"女人的反问如同塑料闺蜜的友谊，透着虚假的客套。

男人却当真解释："我又不是图她什么？图着拿点儿钱再分吗？我是看长远的，长远来看门不当、户不对是不可能的。"

类似的讲述总是同样的有趣，仿佛所有的门不当、户不对都是不当对者的主动放弃，高风亮节，而当对者却仿佛任人摆布的泥偶，你不放弃她就会爱你，就会让你分走她的当对，然后未来的某一日又会忽然认清不当对的现实，在付出青春与金钱之后"抛弃"不当对者——这大概是当下男青年对于"穷书生偶遇宰相千金于后花园"的后现代艺术加工吧?

"也是。"塑料女闺蜜显然失去了兴趣——其实她更迫不及待地要讲述自己,给男人看她的朋友群,谁谁怎么样,所以和谁谁不对付,"三个人的群,我们两个都不理她。"

男人却依旧沉浸在自己的宰相后花园中,他边应付女人边在手机检索,然后给女人看某个网页:"你看,她姐姐结婚都是上新闻的!"

他没有成为当朝二驸马,只是因为他清高,只是因为他弃宰相千金如敝屣。

"哦,"女人扫了一眼男人的手机,继续自己的讲述,"你知道吗?她有多讨厌,有一次,我们怎样怎样……"

两个人,如同是把两本书的书页装订成一本,看似合二为一,实际每张书页说的都还是自己的故事。

我在他们彼此全无瓜葛的自我表白中,翻完了一堆杂乱无章的文史资料。

如果,我想,如果他们能够彼此克隆一个异性的自己,他们一定能够一见钟情地爱上对方吧?

        西安 2024.10.17 18:13

088

高校旁的雕刻时光，顾客几乎全部是大学生，我大概是混迹其间最年老的顾客。偶尔环顾四周，就挺感慨的，想起自己的大学时光，遥远得如同坐在寒冬清晨的车厢张望世界，车窗凝结的水汽让一切变得模糊而不真切。

我上大学那会儿，还没有什么咖啡馆——起码我不知道——所以那会儿我们除了图书馆也没有什么地方可去。但是图书馆只能读书或自习，若是想约女同学，真是可怜得如同蛮荒。总不能初约就看电影，气氛未免过于暧昧，所以只能散步，公园或者马路。遥想起来真是蛮荒，真是蛮荒，在回忆中替那些女孩子感觉委屈，没有咖啡，没有奶茶，甚至没有合适的地方可以坐坐，就跟游行似地走过熟悉到令人厌倦的街头巷尾，车来车往，尾气卷起倏忽而过的大学时光。

我记得有个女孩子，姓名班级全已遗失在这么多年的豕突狼奔之中，印象深刻的是那夜我们坐在街边的花园中，她穿一双红色的高跟鞋。我始终记得那双高跟鞋，最初是因为颜色鲜艳，映衬着她纤细脚踝的白肤，后来就是替她感觉委屈，为什么要穿着一双高跟鞋陪我走过学校到花园的那段道路？一定很累吧？或者聊天的时候，始终隐忍着腿趾的痛吧？

可那时代真如蛮荒，若是周遭有家雕刻时光，倾尽积蓄也要走进坐下，点上所有能点的东西，然后细细雕刻彼此无多的大学时光。

还没有毕业我就走了，远行数千公里，没有参加毕业典礼，没有与他们每个人道别。最初听他们说起道别，我还会因自己的缺席感觉遗憾，但是后来我就释然了，我厌恶道别，所以没有去到站台与他们再见，大学时代在某个断层也便没有结束吧？

不知道那晚的女孩子如今在哪里？我想请她喝杯咖啡。

西安　2024.10.25 15:35

089

西南城角的咖啡馆,背后坐着一男一女。女娃称呼男人为某老师,而某老师正在给这个刚毕业的女娃布道,告诉她如何能在西安的学校找到一份工作。

女娃戴副黑框眼镜,精心妆画,正襟危坐。她正在经历毕业前的漫长的工作寻找期,说起自己在上海各地的经历。男老师通体放松,交叉双腿,身体前倾,滔滔不绝,不时给予女娃的说法以"你还是太学生气"的评价。

女娃是想进男老师的学校,但是显然困难重重,若是全无学生气地来听,早就应当起身而去。

人生最好充满希望,最坏全无希望,糟糕的是给你一线希望,气若游丝地吊着你,像是专治疑难杂症的"老中医",给你生的希望,榨干你除却希望的一切之后,再将你弃若敝屣。

女娃说:"那我再在西安待几天吧。"

阳光攀过西南城垣，纵身跳入宽阔落地窗的咖啡馆，暖如暮春，窗外的行人袖手缩颈，瑟瑟而过。

后来，男老师先走了，女娃落寞独坐。

不多会儿，铃声响起，女娃接起了电话，忽然就在咖啡馆哭了起来。

毫无征兆，她忽然就哭了起来，前后左右的顾客包括我，都有些震惊与错愕。

电话大概是询问情况的同学打来的，女娃说起上午的面试失败，她昨天病了，不知道是感冒还是什么，几乎动不了。今天强打起精神，按照以前在上海的经验，感觉挺好，结果没想到西安的面试更加严苛，而且面试官似乎也不懂她的专业，让她完全不知所措。

之前的男老师是她的学长，她本想寄希望于学长可否帮帮她，结果除了指出她的许多问题，一无所获。比如学长说她穿得不够正式，这让她很委屈，因为来时她特意试穿给同学把关，都说已经非常正式，"所以我才没有买新衣服"，她哭着说。

而且还耽搁了在浦东的另一场面试，还要写论文，找工作的不顺利与种种压力，让她忽然就在下午的咖啡馆里哭了出来。

那边不停在安慰她，却也无能为力，一段沉默之后，电话挂断。

咖啡馆重归嘈杂，如同阳光淹没寒冷，她的轻声啜泣也淹没于嘈杂。

她的妈妈和她同来西安，下午妈妈想要逛逛西安城，她虽然全无心情，却还是要打起精神来陪。

没多久，她的妈妈打来了电话，"妈妈，你在哪里？"

她换作平静安宁的语气，甚至有些快乐地告诉妈妈，"好的，我过去，你等我呀。"

仿佛一切值得哭泣的事情从未发生。

　　　　　　　　　　　　西安　　2024.12.16　14:45

小吃店

090

有个胖胖的男人走进饺子店,"有韭菜鸡蛋馅儿的饺子吗?"

围裙拖鞋、胖胖的女老板回答:"有,大碗八块,小碗六块。"

胖子一边扫码付款一边说:"来一小碗。"但是片刻迟疑,又改口道:"还是大碗吧。大碗小碗饺子数量上有区别吗?"

女老板开店几年来显然第一次遇到这样出离服务手册的问题,一丝惊慌与费解浮上细汗密布的面孔:"蛤?"

两个胖胖相顾茫然。

另一个坐在角落埋头吃着小碗牛肉馅儿饺子的胖子心中暗骂:"他妈不然呢?"

淮南　2019.06.22　20:46

091

秋天的西安，我依然过敏。

下楼去买口罩，口罩一袋要五十块钱，没舍得买。另一驱使我下楼的原因是饿了，我舍得吃。可玄风桥南巷左右的饭店大多已经打烊，灯火阑珊，只有东三道巷西口的一家沙县小吃还开着门。

深夜的生意不多，我的一碗馄饨，一个胖胖的中年女人带着她的两个十几二十岁的女儿，守着一碗炒粉。当然不是她们买不起三份炒粉，只是瘦瘦的女儿们饭量很小，挑挑拣拣地吃了半天，还余不少。当妈的把剩下的炒粉吃干净，剩下的矿泉水仰头喝尽，然后扫码结账。

女人忽然举起左手，右手摸着腋下说那里长了个肿块。身边的女儿很好奇，也摸了摸，然后再摸摸自己的腋下，确定妈妈的腋下果然有异，问要不要紧。妈妈说着无所谓——如果无所谓，那又怎会放在心上，那又怎会特意说出来？——女儿觉得还是有所谓的，于是拉着妈妈的手伸到自己的腋下，告诉她明明不同，那就是有异常呀！然后又问坐在对面的姐姐还是妹妹，"你是不是也没有？"对面的女儿心思一直在她的手机上，敷衍了一句"没有"，然后起身说，"走吧！"

女人也站起来，身边不放心的女儿最后劝她还是去医院看看吧，女人拉起女儿扯着自己衣裳的手，轻轻放下，换上最能抚慰人心的微笑，诚恳地说："么事么事，么事么事。"

然后事情便过去，三个人各自带齐东西，安静地出门，安静地走入深夜。

西安　2019.09.07　22:59

092

午饭在一家川菜馆点了一份木耳肉片。

老板是个看起来有些腼腆的年轻男人，双颊肤色暗红，看来没少经历西北的骄阳。他确实是西北人，西北口音，我只是听不出具体是哪里人。新店开张，门口摆着花篮，写着八八折优惠的广告，但是店里冷冷清清，食客只有我，主人只有他。

拿一只大塑料瓶给我泡了半壶碎茶，然后转身踅进后厨炒菜，炉火和锅镬的声音听得出来他手艺娴熟，片刻端菜上桌。但是实事求是来说，不太好吃，全不似川菜，没有辣椒，口味清淡，用来代替猪肉的鸡肉甚至有些不够新鲜——他的生意确实不够好，食材囤放太久。

吃完干糙的米饭，结账。由始至终没有一句寒暄的他默默站起来，拿起计算器，老老实实地给我不多的饭钱打了八八折。

支付宝的收款人，名字是："豆老板的咖啡猫"。

嗯，这个腼腆的年轻人就是豆老板吧？那个我没有见到的咖啡猫，一定是爱他的女娃吧？我喜欢这样的所有格，感觉密不可分。

快要下雨了，天色阴郁，生意似乎也不会好起来。我希望他的生意能好起来，我不怪他没有做好今天中午的饭菜，一切总会好起来的。

希望豆老板和他的咖啡猫幸福。

陇县　2019.09.09　12:30

093

旅途中独自吃饭，没有去过特别高档的饭店，兰州的普通饭店虽然也都贴着"禁止吸烟"，但是至今没有看见真正的禁烟。

今晚吃饭的饭店里六桌，除了包括我的两桌一个人的，其他四桌十二个人一直吸烟，真如烟囱一般，缭绕熏蒸得看不清楚菜。

对面一桌四个男人，五六十岁年纪，喝了一瓶二锅头和另一瓶不知道什么白酒，加上几瓶啤酒，酒足饭饱。筷子放下，抽烟、聊天、抽烟、聊天、抽烟、抽烟。

靠近我的这位，是重度文玩爱好者，手腕上缠着三四条各色串，玉的，以及说不上是什么的，颜色各异，粗细不同。玩串和吃串异曲同工，都不能只沽一味，肉筋、板筋、大小腰子，插花着来，这才艺术。

脖子上玉项链之外，胸口另有一块大蜜蜡，糊了一大块黄油似的。左手夹烟，右手两个核桃，盘两把看一下，觉得哪里不匀，贴在鼻翼两旁蹭蹭，沾点酒足饭饱后脸上溢出的脂油，拇指揉匀，继续盘。

聊得开心，兴之所至，后仰背手，假借搔头，核桃在久谢的头顶打着滚儿地摩挲一番，沁饱溢脂，大约不输胡屠户久使的刀把儿。

兰州的四川饭馆，老板还是讲良心的，肉用的还是猪肉，不是廉价的柴而散的鸡肉。在这猪肉价格腾贵的初秋，挺不容易的。

兰州　2019.09.25　20:52

094

每天上午十点之前下楼,总能看见的这么多年唯一不变的买卖,就是马路对面的早餐店。

老板是一对安徽夫妇,租了麻辣烫的店面经营早点。麻辣烫之前是做什么的,不记得了,总之他们始终在那里,似乎早餐必须转租给他们经营已经成为房屋租赁协议的一部分。

男人在后厨,包包子、饺子上笼屉蒸,做油条、油饼下油锅炸,一刻不得闲。却时常供应不过来,气得老板娘要冲后厨嚷嚷。男人一声不吭,但是要的东西很快就能端出来,热气腾腾。

老板娘四十多岁,永远一身围裙,一顶红帽子,站在摆放豆浆、粥与豆腐脑的条案前。那位的粥,这位的豆浆,"不加糖",或者是豆腐脑,"少搁卤",夹杂其间的还要前传后达,收钱算账。片刻得闲,又会立刻站到门前,招呼过往的路人进店吃饭。

忙乱,却从不出错。结账,再多再复杂的食物,总价也是脱口而出;再多再乱的顾客,谁要的什么,后厨出来的男人一脸茫然,一个求助的眼神,她便能够准确指引。

两个世界在她的身体并存,暴躁地用江淮方言和后厨吵嚷,柔和地用普通话与顾客交流,无时无刻不在切换,却依然不出错。

她太忙碌,除了要什么和多少钱,我从来没有和她说过别的。今天早上北京大风降温,又是周一,顾客明显少了,她得空站在门后招呼路人。我问她:"你们早晨几点开门呀?"

不论我多早过去,似乎总是吃不着刚蒸得的包子,略放一放,包子皮便不暄软了。"两点。"她笑着说。我好像还是第一次看见她笑着说话。

"两点?!"难以置信,"夜里两点吗?!"

"嗯,我们一点多就来了。"

附近有很多晚归的上班族,还有很多外卖小哥,后半夜就蜷在她的店里,角落里贴着"外卖等候区"。不是他们的深夜食堂,因为他们不用消费,可以就那么干坐在角落，给手机充电，刷视频，或者打盹，等着可以抢单的生意。

我偶尔晚归的时候能看到角落里的他们，只是没有留意到主人已经从麻辣烫的老板换成了这对安徽夫妇。他们工作一整夜，上午十点收拾回家，睡会儿，起床采买，又是晚上。

他们生活在繁华的北京，但是繁华似乎只是成就了他们更加辛苦的工作，能赚上更多钱，至于其他，灯红酒绿，则与他们全然无干。

后半夜的街角，他们开始忙碌，店里聚着其他不能回家的人，有碗热粥，有屉热包子。

北京　2019.10.28 09:32

095

城中村一家很好吃的饺子店,店门紧闭。

问常年在旁边摆摊的很老的老头,老头有些昏聩了,对这个世界的感知迟钝,哦了一声回头看看,确定店里空空如也,这才缓缓地叹口气说:"不干了。"

店主是对年轻情侣,剃着短发的男孩子系着围裙在不大的店面张罗,你还没有坐定,一碗滚烫的饺子汤就在眼前。女孩子包饺子、煮饺子,染成浅棕色的长发绾在脑后,端饺子上桌,能看见白皙的手面斑斑点点的红,间或几道细碎的伤口。

除了牛肉馅儿的饺子贵一些,其他猪肉搭配韭菜、芹菜馅儿的饺子都是小碗八块、大碗十块。包得很瓷实,煮完不进水,馅儿咸淡适中,不会像破皮儿的饺子寡淡无味。

城中村里的饭店太多,肉价上涨,大家都在坚持没有调价，一来竞争激烈，二来住在附近的人收入不高，价格是他们选择的第一要因，所以反而不讲究的饭店更能生存，比如我后来的这家，猪肉芹菜馅儿的饺子，猪肉只存在于名字中。

大概每天都会有几家这样的小店开门或倒闭，不知道赚了多少钱，还是亏了多少钱？不知道他们后来又去了哪里，做了些什么，是否还在坚持？

一起吃饺子的外地口音的大姐和显然提不起精神的老板娘闲聊，说自己的工资降了，每年这个时候要给女儿灌香肠，"可是今年一个猪后座要七八百块钱了吧？女儿又要吃，只好少灌一点。"

起身结账，八块钱。

想想，又把碗里之前说吃不下的最后一个饺子吞了下去，擦擦嘴，走进黑夜。

淮南　2019.11.02　18:42

096

吃早餐，侧对面坐着两个女孩子。

一个说想请假去趟医院，连续半个多月，白天好好的，一到夜里就发低烧。对面女孩说自己也很焦虑，每天晚上困得头都要炸了，可就是睡不着。

低烧的宽慰自己，边说也许没事，"你看我能吃能睡"，边从两人共吃的一屉包子中夹出一只，用筷子扒开，挑出肉馅，只把皮儿掖进嘴里。

"没事的，会好的。"睡不着的轻声安慰她。

于是去医院的打算淡去成空，吃完早餐，又是一天工作，下班，各自发低烧与睡不着。然后明天早起，妆容精致，仿佛一夜安眠。

淮南　2019.11.08　08:17

097

楼下市场一排店铺，打火烧的两口子，三四十岁年纪。女人脸颊瘦削，大眼睛，看起来就透着精明能干。男人小眼睛，个儿也不高，头发有些自然卷，圆头鼻子，天然带着些许茫然的神色。

说是店铺，不过大排档模样，一边窗口，一边案板与电烤炉，其间宽仅一步。男人大多时间背身在案板忙碌，和好的面，盆里抓出来，擀面、揪剂，揉圆压扁，码进烤盘，塞入烤炉。

主要就卖两种火烧，椒盐与麻酱，掌心大小。八毛钱一只，买五送一。价钱公道，而且味道极好，外脆里暄，咸盐味儿足够却又不过，可以空口吃上仨俩，一顿饭就齐了。

来买火烧的街坊，大多要买椒盐的。男人脸上天然的茫然，似乎也浸染了心灵，总也安排不好两种火烧制作的数量，以至于时常堆着一堆麻酱火烧，外面还等着老几位要买火烧——椒盐的。

负责招呼客人的女人，总是赔着笑脸说再等两分钟。有次终于爆发，回身骂道："让你多打椒盐的就不听，就不听！中午一炉麻酱的到现在还没有卖完，还做，还做！"

男人灰溜溜的不敢还嘴，忙不迭把码了一半的麻酱饼坯的烤盘藏在案板下，然后一扫懈怠，火燎屁股似的赶做椒盐火烧，嘴里嘟嘟囔囔。瞥眼看见女人又狠狠盯着自己，闭嘴，然后再嘟囔，总之委屈极了。

年前，一月二十日歇业的，窗玻璃上贴张纸，"二月一日正常营业"。结果疫情暴发，二月过去，三月也不见开张。

时常路过，买不到主食，想想回家还要现煮米饭，就会想念他们的椒盐火烧。也想念他们俩，不知道还会不会回来，在北京的生活还能不能够继续。

今晚下楼，忽然看见他。男人跨坐电瓶车，立在路边，口罩遮不住的半脸茫然。他不认得无数主顾其中之一的我，我却认得他，主动和他打招呼，他一愣神，听我说起火烧，醒悟过来，笑着寒暄。

二月初就从河南老家回来了，按要求在家自我隔离了十五天，这才回来开张。

今天忽然暖和起来，春意浓酽得仿佛清淡的夏。

他回来了，八毛钱一个暄和的椒盐火烧回来了，市井开始复苏，在困境中挣扎的人们忽然喘匀了气儿，深呼吸。

哎呀，活过来了。

北京　2020.03.17 20:45

098

坐在早餐店外面,桌子对面一个老头,吃完了不拔屁股,继续坐着抽烟。

上风口,没呛着我,我也就没有干涉。

老头曝完一根,续上第二根,边抽边咳嗽,啐痰,这是恶心着我了。

我说您看这还有人吃饭呢,他才作恍然大悟状,猛抽一口,把剩下的小半截烟扔进雨里。但是还不罢臂,悠悠地和我莫名其妙地说了一句:"戒过大半年。"

"那多好,干嘛还抽?"我听话搭音。

他显然很愿意和我聊上几句,"因为查出肺上不好,"他说,"今年不是疫情结束才去医院再查的吗?肺癌。去他妈的吧,抽不抽都一样。"说完,补上呵呵两声本意豪爽实际干瘪的笑。

我本想宽慰他两句,脱口而出的却只是:"嗯,抽吧。"

然后咬一口滚烫的包子，塞住自己的嘴。

老头起身，结账，客气地和老板还有我道别。

撑开伞，走进雨里，站定，掏出烟和打火机，低头，点燃，一阵青烟在他身前腾起又消散。

像是他的魂。

淮南　2020.06.29 09:01

099

在我以前中学旁边的沙县小吃吃晚饭。

店里一对高中生模样的年轻人,点了一份香炸馄饨。馄饨上桌前,女孩攥着男孩放在桌上的手,似乎在说大学不在一起的未来。馄饨是女孩点的,一口一口咬碎炸酥的馄饨皮,声音像是秋天踩碎落叶。

男孩什么也没有吃,背着女孩的书包,静静地看着她。女孩夹起一只馄饨喂给男孩,男孩说不饿,穿着洛丽塔的女孩不依,撒娇,身体扭得如同癫痫的蛇。

男孩吃下那只馄饨,然后两人不再说话,默默看起自己的手机,仿佛不在一起的未来。

淮南　　2020.07.24　18:43

100

吃晚饭,边上坐着两个女人,听对话是附近商场的销售,声音压低,仍然难掩激动地讨论感情问题。

很年轻,却都结了婚,而且没戴眼镜的女人已在准备离婚,她恨恨地说:"结婚的时候说我现实,在一起的时候说我现实,要离婚了还说我现实!"

戴眼镜的女人意味深长地叹口气,表示理解却又无可奈何。

众所周知,"现实"不是与"虚幻"对应的那个"现实",而是指代某种程度的物质需求。至于何种程度,无可衡量,完全取决于指责者的自由心证。

我不知道下班后在小饭馆对付一顿晚餐的女人,物质需求究竟有多宏大,我只是觉得在正好的年纪结束一段草草的婚姻,总不是令人愉悦的。

我搭在桌面上的胳膊剧痛。傍晚搭梯去锯楼下疯长出院墙的无花果树枝，用力过猛，院墙上防盗的玻璃碎片深深划破臂弯，这让我很不舒服。结账出门，街上很热，片刻汗湿，于是更加烦躁。

直到走出小巷，赫然得见东南天际的明月，还有右上一拃之外的土星与木星，那么寂静，这才感觉到晚风。

淮南　2020.08.03 20:39

101

小饭馆来了客人,四十多岁的老板陪着一起吃饭。

饭馆新开,是从其他地方搬来的,店招写着之前的地址。

聊起生意,老板长吁短叹,怀念之前生意的兴隆。可惜好景不长,见他的生意好,附近陆续开了几家类似的饭馆。

"之前天天排队,后来坐不满,疫情再一来,彻底完蛋。"于是异地重张,期待梅开二度。

饭店只有老板一个人张罗,客人问起他的媳妇,老板抬起头,愁眉舒展开来说:"在家呢。虽然这么多年一直没赚到什么钱,但是我也从来没让她来帮过我。嗯,也没上过班。"

"哦,那真不容易,你还挺有本事。"客人恪尽吃人嘴短的道义奉承道。

也许是猜疑是否话有讥诮，担心客人会不会传闲话传出一个好吃懒做的媳妇，老板补充说："她会过日子，从来不乱花钱。就是再想吃的东西，太贵的，也舍不得买。"

淮南　2020.08.07　13:37

102

隔壁东北烧烤的东北小伙儿走进来,"姐,给我做两份鸡米饭。"

"都还是大份呀?"

"一大一小吧,我媳妇今天不太饿。"

他身边的桌子坐着一对年轻人,男人新剃了平头,女人穿着崭新的长靴,有一搭没一搭说话,面前一份鸡米饭热气氤氲,模糊着彼此的脸。

男人忽然接起电话:"彭主任,你好。"

彭主任显然没有在说什么好事,男人神色逐渐凝重与尴尬,唯唯诺诺,默默起身。

东北小伙儿侧身让路,让他走到门外。

门没有关严,冷风灌进店里。

男人背身站在街角,女人回头张望,知道他电话一时半会儿不会打完,默默放下手中的筷子,盯着桌面出神。

东北小伙儿拎起打包的鸡米饭出门,刚转身,笑了起来,大概他的媳妇正在门外的烤炉旁,抬眼看见了他。

他带严了门,店里不再有风,可是我们桌上的热气却已散尽。

淮南　2021.01.08　21:23

103

城中村，小川菜馆，角落坐着两个年轻人。桌上一盘红烧鸡翅尖，一盘清炒土豆丝，一盆紫菜蛋花汤，一瓶二锅头。菜未动，酒已见底。一日劳苦，酒是还魂的灵丹。

还魂的两人近乎咆哮地吹着牛X，吹炸的牛X震得紫菜蛋花汤上泛着涟漪。

忽然有人撩门进来，裹着一身风高月黑。清瘦的中年男人，黑衣兜帽，黑皮短髭，目光阴鸷。寒气散后，杀气袭来。

角落里刹那安静，牛X囫囵在年轻人的嘴里，夹一筷子冰凉的菜，和着酒呷进肚里。中年男人自顾自拈只水杯，操起门旁的水瓶，倒上热水，拣空桌坐下，垂目喝水。

死寂。

淮南　　2021.01.17　19:18

104

我妈给我打电话,告诉我小区里开了一家老年食堂,很不错,我要是不想做饭,也可以去吃,十块钱一份,能吃饱。

"没有什么荤菜,只有一个肉烧黄豆芽,有几块肉。"

老人吃饭图便宜,便宜饭菜自然不会有肉,还要留出利润,所以这样的食堂除了碳水和蔬菜,也不会有其他什么营养。

那家老年食堂开业的时候我就知道,生意可能不太好,后来贴出广告也欢迎非老年人去吃。我有两次想进去的,但是看见里面就餐的都是老人,又有些不好意思,还是走开了。

自由职业以后,我曾短暂地兼职半年,在北京东四环的大成国际。

兼职不用打卡,但我每天中午必到,因为大厦里有食堂，而我又是非常热爱吃食堂的人。纵然食堂的饭无涉好吃。

所以我打算中午去吃小区里的老年食堂，这大概是我步入老年的起点。

是为记。

淮南　2021.01.23 11:03

105

吃老年食堂的生活开始了。

我就知道我妈说的十块钱一份是最便宜的选择,食堂的套餐价格:

十块,两素;

十一块,三素;

十三块,两荤一素;

十四块,两荤两素;

十六块,三荤一素,或者两荤三素;

十八块,三荤两素;

二十块,三荤三素。

我点的这份是十三块钱的两荤一素,但是老板娘说:"老汉你第一次来,多送个素菜吧。"

好吧,我承认"老汉"二字是我的演绎。

生意果然并不好,饭点也只有另外两个老人坐在角落里，背身向门吃饭。

前脚一起进门的是个六十多岁的女人，熟客，老板娘看见她热情招呼："怎么好久没来呀？"

女人也要了两荤一素的套餐，拿起筷子踌躇："你们没有勺子吗？我在那边用勺子习惯了。"看来是久在老年食堂打发三餐的。

换着来吃，也许是想换换口味，也许只是不愿意让别人知道自己总在老年食堂吃饭。

淮南　2021.01.23　11:48

106

中午又来老年食堂吃饭,要了三个菜,萝卜烧肉、芹菜肉丝、韭菜鸡蛋。

"十六",老板娘要了三荤菜的价格。

"这不是两荤一素吗?"我问道。

"三荤!"老板娘斩钉截铁。

"三荤?韭菜鸡蛋也算荤菜吗?"

"是呀,鸡鱼肉蛋嘛!"

这算不算坑老?我们老年人的权益谁来保护?

有食客跟老板娘打听另一个食客,老梁,很久没来了。

"死了。"老板娘答。

食客一阵错愕,然后想起最后一次在街头路遇,"确实脸色不好。"

"他一表人才,他儿子也是一表人才,"老板娘说起有天路过他家门口，儿子推着老梁晒太阳，"他脱了口罩和我打招呼，哎呀，那脸色，跟猪肝一模一样。我真不该看，忘不了了，经常会想起来。太吓人了！"

食客瞬间沉默不语。

我低头边扒拉饭菜边认真思考两个问题：

一是今天中午食堂的老几位最近可能都不会再吃猪肝了吧？

二是鸡蛋为什么能算荤菜？

淮南　2021.01.24　12:14

107

老城鱼龙混杂，出没三教九流，混迹游民流寇。

在老城最嘈杂的老街开饭店，拼的不是厨艺，而是黑白两道的人脉，不然几场赊账豪吃，生意便难以为继。

几家餐馆，字号皆为老板的诨名，"张三饭店""李四酒馆"。毫无疑问，这些诨名在地面上都能挡刀架斧，驱灾避祸。

起首第一家，老板"悍五"，五六十年纪，中等身材，魁梧板实，短发平头，平日垂头挑眼看人，貌似温和，眼神却肃杀。夏天光膀当炉，满背刀疤。冬衣遮得住背，却遮不住头上道道缺发的沟坎，也是刀疤。

中午过来，点了一盘芹菜肉丝，悍五浓油赤酱地炒出来，码在我面前，自顾自去收银台坐定。唯一的帮工轻车熟路地盛碗米饭，补在菜前。原本有人趴在收银台，只露出顶线帽，起身给回位的悍五让座，才发现是他十七八岁的女儿。

女儿站在悍五身后,看着他掏出手机刷视频,忽然扭头和坐在旁边矮凳上摘茼蒿的妈妈说:"我爸的某音上发的全是他的广告,还用美颜!"

妈妈小声骂道:"真不要脸!"

悍五嘿嘿哂笑,挠脸搔头,像个犯错被抓现行的孩子。

淮南　2021.01.27　12:52

108

对面坐着一对年轻男女,他们面色凝重,很小声地说话。在人均嗓门天赋异禀的重庆,这意味着出大事了。

果不其然是在吵架,男人惊堂木般猛然一拍桌子,吓老子一跳。

女人很淡定,身体没有起伏,双手抱胸,右手腕上几道红淤。

过去彼此越接近,未来彼此越邈远。现在大概是他们错身的节点,在这样的街边小店压低声音最后地挽回与拒绝。

未来总是无可奈何。

片刻之后,他们走了。

女人起身整理裙子,男人拿起桌上她的手机讨好地递过去,女人挥手夺过手机,转身走开。

虽然穿着一双白色的细高跟鞋,但是走得决绝而无留恋。

男人尾随而出，仿佛尾随一道因推门而照出门外的光。

门在他们身后阖紧。

重庆　2021.06.14 18:46

109

卖盒饭的快餐店里,一个六七十岁的民工第三次添饭。

菜已经吃完,他让老板再给米饭上浇点肉汤。

"明天就回家了。"老民工和老板说。

老板是认识他的,关切地问道:"怎么啦?怎么回事?"

"不开工,没钱啦",他边扒拉着泡了肉汤的米饭边答话。

"明天就走?"老板用长柄勺划拉盛着素菜的不锈钢盆,"还有点儿包菜,给你吧?"

"不要了,够了,"老民工三口两口囫囵吃完米饭,抹把嘴,"明天一早就走,今天晚上来吃顿好的!"

他笑着结账,十三块钱。

他笑着和老板道别,老板陪笑说再见。

看他走远，老板敛起笑容，专心划拉其他菜盆，声音刺耳。

他再不会来了吧?

淮南　2021.08.22　20:11

110

羊肉泡饭馆进来一对男女,二三十岁年纪,不知道是男女朋友还是夫妻,进门直到坐下,眼睛始终没有离开墙上的菜单。男人犹豫着说:"两个羊肉泡。"

老板搓着手,殷勤地笑着问:"普通还是优质?"普通的十五,优质的二十五,多加几片羊肉。

已经坐下的女人忙不迭代答:"普通的!"

"要凉菜吗?"

"不要!"又是女人抢答。

男人讪笑着坐下,大约吃得太简单,他继续张望菜单,试图再来点儿什么。

女人知道他的心思,小声和他商量:"再给我加份麻花吧?"

运城　2021.09.14　20:31

111

包子店门内坐着一个胖胖的女人,四只包子,一碗丸子汤。

"鸡汁鲜肉""莲菜鲜肉",抑或素包子,一律一块钱一只。

丸子是常见的油炸素丸子,加一瓢水,少许虾皮,重重两勺胡椒粉与味精、咸盐,辣而且咸。三块钱一碗,利润主要在这碗汤里。

"你们家辣子太辣了。"女人擦着额头的汗,指着蘸在包子上血红的辣椒油向老板抱怨。

老板六十多岁年纪,老两口的生意,人力与体力不支,案板连着和面的机器,摁动电源,噪音震耳。

就着辣子的话茬,老两口与女人聊了起来。运城地近陕西,方言也近秦音而远晋语。我听得不是太真,只听得女人忽然直愣愣地问道:"你们父母还在吗?"

"不在了。"老板娘代答。她体格高大,不输男人,后厨做完汤,又帮着去擀案板上的面剂子。走路有些外翻,双脚外侧的鞋帮简直踩成鞋底。

女人说起自己的父母,身体不好,三天就要回去探看一次,筋疲力尽,"他们也受罪,不如死了的好!"已届女人父母年纪的老板和老板娘一起语塞。

片刻沉默,结账,"七块钱。"

女人从桌上捡起电瓶车钥匙,抹干净嘴,出门跨车而去。

片刻沉默,擀着面剂子的老板娘忽然没来由地骂了一句:"我 × 他个先人!"

运城　2021.09.15　20:13

112

下楼，花干夹了个馍。

将近午夜的凤翔，甚至大什字也寂无一人。

小吃街的摊位也收得差不多了。

卖夹馍的夫妻俩，六十左右年纪，男人腿有些跛，以至于俩人看起来都不太高。穿同样的黑衣服，系同样的红围裙，一辆酱色的电动三轮车，车斗支着案板烤炉。

女人和面、揉面，揪出面剂子，擀成饼坯，男人接过来，饼铛烙熟，然后码在炉膛的铁箅子上焙烤。

饼铛上热着两口平底锅，一锅花干，一锅酱汁肉与卤蛋。卤汁冒着淡漠的热气，就像没有生意的时候夫妻俩四散张望的眼神，空洞而飘忽。一阵夜风，倏忽吹散。

没有散的食客，一桌吃炒面的外卖小哥，油大量多，囫囵吞下，不知道下半夜是一场梦，还是一场东奔西走。

另一桌坐着三个年轻人，两男一女，其中有一对儿，染着同样沙色的头发。不知道三个人之间有什么问题,在讨论,在争执。桌上三瓶啤酒,三只酒杯,三杯泡沫散尽也待不到曲终人散的酒。

东边半空,一轮中秋的月。

凤翔　2021.09.21 23:23

113

饭店里,有个男孩子带着自己的奶奶来吃饭。

奶奶说来过,男孩子说不是这家,是隔壁的另一家,看来经常一起出来吃饭。

男孩子想点一只红烧鸡,奶奶问了价格,"六十五",奶奶咋舌觉得贵,口里说的却是怕吃不完。"要不今天我点个菜吧?"她说,然后指着菜篓里的蔬菜,"烧个茄子吧?"

饭馆不大,老板娘兼厨师。生意清冷,因为下着雨。

"下雨生意会受影响吧?"我搭讪道。

"会呀。但是我希望下雨,小麦刚种下,农民喜欢呀。"

我点的乌白菜烧豆腐,豆腐多,往年五毛钱一斤极便宜的乌白菜却只有几片。我当然知道为什么,问她:"乌白菜多少钱一斤了?"

"四块、四块五了。现在上街,没有便宜的蔬菜。肉也涨了,十四块钱一斤了!"

"肉也涨了?"油焖茄子上桌的奶奶吃惊地问,"为什么呀?"

"为什么?要打仗了呗。"老板娘想当然地回答。

"哦?要打仗了呀?"老奶奶不置可否地重复一句,幽幽再补充一句,"打仗了也要过日子呀。"

店里摇着吊扇,为驱赶蚊虫,轻声吱哑,像是童年的午后。

缺一声知了,缺一把蒲扇,缺一张凉席,奶奶坐在那里。

淮南　　2021.11.06　18:31

114

三峡博物馆对面,西南大区步道旁边有家名作"峡韵"的小面馆,很小,四张桌子挤得满满当当。

汤锅当街,六七十岁的老两口店面忙碌,煮面,招呼客人。明火的后厨大概是他们的儿子,炒面,炒饭。

我实在不爱吃面,要了一份回锅肉炒饭。四五片回锅肉,撒了两把腌萝片丁儿,重油,但是味道不错。

吃完,问价。老两口正准备开始他们的午饭,老太太的围裙解不开,站在老头面前,老头放下筷子,专心致志研究她围裙背后的死结。

也是一种举案齐眉吧,虽然木案腌臜油腻。

老太太用标准的重庆话回我,我一时没有听清,反问她:"十六?"

她笑了起来,重复说道:"十二,十二!"她努力想说普通话,却依旧是浓烈的重庆口音,"十六?一碗炒饭十六？不可能的嘛！"

　　她笑得更开心，仿佛是在笑话我不谙世事。

　　我也很开心。

　　　　　　　　　　　　　重庆　2022.02.15 13:17

115

城中村门口还有几家开业的小吃店,当然是只做外卖。

取货的小哥站在店外等候,有一搭没一搭和老板聊天。

炸串店,年轻夫妻俩,小哥半晌找出句话来:"疫情这么严重还干呀?"

"不干又能怎么办呢?"帮着炸串店媳妇拣串的男人回说,"房租一分钱不少呀。"

门口贴张新白纸,墨笔写着:"点单肉串十元起"。

我想照顾他们生意的,"来十块钱肉串,十块钱板筋。"

"都没有了。"

"肉串也没有了吗?"难以置信,我以为没有听真。

"都没有了。进不到货,卖的都是库存,"他指着店里的冰柜说,"剩的都在那里,有的就能炸。"

冰柜里结着厚厚的冰，只有些蚕蛹之类，乏人问津的玩意儿。

没食欲。

蓝色围挡把城中村封得严严实实，没有路灯。

淮南　2022.03.31 20:30

116

老体育场对面的新疆烤串店一直没关门,当然也只能做外卖生意,不过烤串原本也不是特别依赖堂食,所以生意还好。

和田来的一家四口,两个小伙子炭火烤串,父母坐在里间穿串打杂。

本地羊,羊味寡淡,没有膻香,所以烤得略老,通体焦脆,口感取胜。

不得不说,七年没有再去新疆,真是想念西域的味道。若羌的烤串、皮山的烤包子、和田的抓饭——实话实说全部不及乌兹别克斯坦的实在与美味,布哈拉的烤串、塔什干的烤包子、撒马尔罕的抓饭。

年轻一些的小伙子很会做生意,殷勤周到,五块钱一串的肉串烤好,剪去焦黑的竹签头,锡纸卷起,装袋双手递过来。

我怕会软,撕开锡纸,执在手中。

在一座封城里的春风和煦的晚上,在空空荡荡的街上边走边吃肉串,也是人生难得的际遇。

         淮南 2022.04.06 20:39

117

和田烤串店不是一家人的买卖。

今晚给我烤串的年轻小伙子,我问他从哪里来。常理而论,他当然会觉得数千里之外的新疆于我很陌生,所以只是泛泛回我:"南疆。"

"南疆我去过的,"我追问一句,"南疆哪里?"

"阿图什。"他的回答仍然敷衍。

"克州呀!真够远的。"

大概听出我对新疆确实有所了解,小伙子这才说出他的家乡:"阿克陶"——克孜勒苏柯尔克孜自治州,阿图什市,阿克陶县。

小伙子坐火车过来需要四天,但这次是从喀什搭的飞机,兰州中转,落地合肥,再转汽车。即便如此,全程仍然用了两天时间,真是遥远而漫长。

他问我住在哪儿,我告诉他某某小区。"不知道。"他摇着头说。

"前面过去,两个十字路口。"

"没去过。"他继续摇头。

他们租住在店面后面的城中村,自建房,便宜。每天下午四点开店,干到凌晨四点。昨天生意挺好,但是今天冷冷清清,没有人上门,也没有外卖订单。

"今天生意不好。"他皱眉嘟嘴地说。

我们共同的希望就是疫情赶紧结束,封城能够重开。快到夏天了,烤串店一年中生意最好的时间。"冬天没有人喝啤酒,"他指着堆在门外的大乌苏说,"夏天喝酒的人才多,能多赚钱。"

错过夏天,一年就白忙活了。

和田的胖小伙子在里屋穿串,昨晚穿串的夫妻俩没过来,安安静静。

昨晚生意好,他们听着欢快的歌儿。

淮南　　2022.04.07　21:59

118

新疆烤串店里黑着一半的灯,生意冷清到极点,炭火阴燃。

阿克陶小伙子坐在门前穿串,他说明天他们店面这片儿也要封了。

我问他们怎么办?"就歇着吗?"他点点头。

"那也没有收入呀?"他继续点他的头。

我宽慰他:"没几个了,很快就能过去的。"

他拨燃炭火,烤我要的串,没再点头。

淮南　2022.04.13 22:26

119

兴隆镇侨乡市场外的烧烤店，摆在店外路边的摊子虽然空空荡荡，却有外卖订单，生意还算不错。

老板是河北隆尧人。北京最早推着自行车卖烤串的，都是隆尧人。老板也在团结湖和三元里的烤串店打过工，四年前过来海南，投奔他早已在兴隆扎下根的姐夫。

老板雇了个本地小伙子打杂，像大多数的土著，小伙子黝黑干瘦，也不太会招呼客人，帮着老板送外卖，手忙脚乱，还打翻了装着我挑好串的篮子。

"再去拿！"老板有些生气。

小伙子一时却愣住了，我打圆场，自己去照样重拿了一盘，小伙子借机骑上电瓶车要走。"别提着！放车前面篓子里！"老板不忘嘱咐他。

"在北京的时候，"老板说，"住在西坝河，都是打工的，其他地方也住不起呀。""后来就在三元里的小区里，老板有两个摊，他管一个，我管一个，帮别人打工，不累。"

烤炉上逐渐清空，只剩我的馒头片。馒头片要不停刷油，海南烤串刷的是所有饭店都在用的葱油，于是烤得的馒头片更香。

却也是唯一和北京烤串不同的地方——之所以不断提到北京，是因为老板为他的烤串店，起名"京味烧烤"。

那段在三元里的不累时光，大概是他始终的念念不忘。

烧烤店有三层，阿宝——老板雇的小伙子住二层，老板住三层。

一层是店面，我坐在店外，浓烈的热带夜晚的气息。

后脖颈有只飞蚁咬疼了我，隔着我的裤子，蚊子又咬了三个包。

奇痒。

万宁兴隆　2022.05.30　20:20

120

饭店来了两个女人，理论上是闺蜜，形态上仿佛情敌，妆容与衣着透着绝不能输的果敢与决绝，裸露出的后背都恨不能精修过每粒痱子。

她们带着彼此的儿子，儿子没有办法死磕睫毛的长度，只好比拼嗓门。儿子们是真情谊，毫不塑料，勾肩搭背地大喊大叫，扰得坐在附近的食客满面愁容地换了座位。

但是两个女人毫不为意，身上两块掉下来的肉在嘶嚎，正可以帮她们吸引来目光，方不至锦衣夜行，于是绝不制止，听之任之。

如同八九十年代的时髦青年，出门爱提一台音量全开的双卡收录机。

重庆　2022.07.15　17:17

121

傍晚七点，天光仍亮，路旁的法国梧桐筛碎了夕阳。

碎了的夕阳落在佘家老两口身上，满地蒜衣。夕阳越来越碎吧？枝杈越多，叶隙越密，就这样日复一日坐在店外树下。

"茶馆开了多久？"我问道。

"一二十年吧。"老板娘回我。又老一岁，七十三岁的她，右侧面颊不能自控的抽搐要比去年严重。

"快三十年喽，"佘老板纠正她，"九三年。"

三十年前，四十多岁的佘家两口子，在文昌路北段开了一爿茶馆，倏忽如今，已是垂暮。

佘老板掬起老伴手中的蒜瓣儿，起身进屋，大约匀出几瓣儿拍了切末，调碗蘸水。

他们晚饭的粥，还坐在炉上咕嘟着。

老板娘腾出手来，展展身体，胳膊撑着老头的矮凳，搭起腿来，悠悠说句："当了一辈子瞎子。"

"怎么了？"

"么得文化。"她轻轻叹气，缓缓答道。

其实我能猜到答案。

我奶奶时常也会悠悠说起："我要是识字多好？"

尤其是我盯着手机，没有搭理她的时候，"也能用手机，和你们说说话。"

梓潼　2022.07.22　22:35

122

仁义东巷的沙县小吃,这会儿还没有生意,但是一切都准备妥当,大排、鸡腿、包好的馄饨。

老板是对年轻夫妻,两排座位,女人坐在右边,男人坐在左边,默不作声,看着彼此的手机。

开着空调,还有墙上的两台风扇,风扇嘶哑作响,吹得桌上的餐巾纸仿佛秋天街头风带不走的枯叶。

男人黑衣黑裤,裤腿卷起,一双拖鞋,水泡得双脚惨白。他低着头,剃了平头的头顶略有人近中年的无可奈何。

不知道他盯着手机在看些什么,却有淡淡的背景音乐,音质不好,嘶哑的歌词听不太清,但我听过旋律,隐约记得重复的是两句:

"是不是所有的麻雀,都会在冬天里死去。"

"我想我应该是一朵死去的花,不然怎么就盛开不了呢？"

  我听着他的单曲循环，安静地吃我的大排饭。我在想，那些旋律或者歌词，大约曾经伴随过他在厨房之外的某年某月吧？

  就像风扇吹出的风，怀念曾经掠过的山峦与水面，无尽的旷野。

西安　2022.08.17　17:39

123

这个点，早餐店的第一桶豆腐脑已卖完，第二桶豆腐脑还没有点卤，我只好换碗豆浆，清汤寡水。

体育馆南路的这家早餐店是一家三代人的生意，男人守着支在店外的油锅炸糕炸油饼，女人守着架在店内的几口深锅煮豆浆点豆腐，奶奶里外帮忙打下手，偶尔没上学的大女儿也会过来，招呼客人，收拾餐桌。

一家人就住在对街的老小区，早餐生意辛苦，每日早起开店，只留七八岁的少公子独自在家睡懒觉，等他睡醒过来早餐店消遣，店内店外早已战火硝烟。

小儿无赖，胖胖的少公子最爱招惹姐姐。大多时候姐姐都会忙里偷闲地陪少公子打闹片刻，除非太忙。太忙的姐姐心浮气躁，看见少公子刚近身边，立刻一声断喝："滚一边去！"

少公子看出脸色不对，二话不说就滚一边去了。在一边的其他店铺门前东看看、西瞅瞅，眼见大家都忙，只好又灰溜溜地滚回来，老老实实倚着摆在店外人行道边的小餐桌坐定，可怜巴巴盯着姐姐后背，臊眉耷眼地期待姐姐能够陪自己玩儿。

可是防疫又有新规，店外忽然严禁摆桌，各家早餐店只能去钻字眼的漏洞，扔些小板凳与圆凳在店外，让食客凑合着充当桌椅。

今天姐姐没有过来，少公子独坐店内深处的大桌，俨然朝堂之上。可惜朝堂之上的少公子困意难消，歪头趴在作业本上打盹。作业本仍是摊开的，这是少公子对于老师、校长、西安市教育局、陕西省教育厅、教育部最后的尊重。

多好的孩子呀。

我的豆浆油条吃到一半，少公子忽然警醒，恢复无赖本色，直眉瞪眼冲出店外。坐在小板凳上的食客姿态低矮，抬头得见闯来的少公子，仿佛倒卧马路的醉汉忽然得见一辆消防车冲到眼前，惊惧之下，瞬间酒醒。身边的兄弟紧咬手中吃到一半的第二根油条，痴痴地盯住消防车，生怕他一脚油门碾过自己。

消防车站在店外的台阶上打量一番,家人都太忙,顾不上他,自然也不会阻止他背弃老师与教育部。大胆走下来,又在摊前来回试探几步,依然没有挨打,于是迅速地消失于所有家人与食客的视野。

身边的兄弟安心地吃完了第二根油条,然后冲着老板叫嚷:"伙计,再来一根!"车轮逃生,化险为夷的他如释重负,胃口大开。

我再见少公子,是回来的路上,马路对面,少公子正在逐家骚扰临街菜店,摸摸这家的西红柿,踢踢那家的大白菜。忽然发现自家住的小区大院有什么值得撩骚的事物,定睛瞧得仔细,撒腿就往院里冲。

院门外坐在电动轮椅上的老汉,始终盯着恶棍一样的少公子,满脸宠溺的微笑。看见少公子跑过来,伸出拐杖试图阻拦他,试图避免大院惨遭浩劫,但是徒劳,少公子闪躲身形,径自闯入。

大院风雨飘摇,老汉神情落寞,他是想恶棍少年能陪自己说两句话吧?

          西安 2022.10.26 09:11

124

仁义东巷东口有家蒲城菜，不能堂食，只好在店门外改卖快餐盒饭，十六块钱一份。

我和一个胖胖的小姑娘同时走到近前，老板打开盛菜的盆盖，好么，六个素菜。小姑娘说没有喜欢的菜，转身走了。我抱怨一句"一点儿荤腥不见呀"，也走了。

走出几步，小姑娘冲我乐，悄声说："我们一起把老板忽悠了。"

同出巷口，小姑娘说今天还是她的生日呢，可惜不能堂食，生日想吃火锅的愿望落空了。

我祝她生日快乐，替她惋惜，她说没关系，还有未来。

西安　2022.10.26　12:45

125

体育馆南路的早点店,老板两口子,少公子的爹妈,吵起来了。

负责炸油条的老板脾气一直很坏,一怒之下把出入油锅的筷子给撅了。

老板娘盛怒之下还是顾及了面子,克制着压低声音让老板滚,"不卖了!"老板恶狠狠地回句:"不卖就不卖了!"然后攥着断成四截的筷子起身就走。

走到马路对面,找了个垃圾桶,扔了筷子。又悻悻然走回来,店里寻了两根新的筷子,继续站在案板前,擀面炸油条。

老板娘余怒未消,继续恶狠狠地用眼剜他,他底气尽失,不敢回望,只敢冲着要油条的食客没好气地说:"油条没有热的!"

大概已经开学,少公子和他姐姐都没有过来帮忙,饶幸没有成为老父亲撒气的靶子。

  西安　2022.11.01 08:24

126

晚饭吃了沙县小吃。海南人开的大杂烩一样的沙县小吃，炒菜、盖浇饭、鸡米饭、汤粉，应有尽有。

店里坐的大多是附近工地的农民工，菜点得很节约，两人两菜，四人三菜，菜也是便宜的醋熘大白菜、鱼香肉丝什么的。

辣酒自然也不昂贵，好在请客的管够，还有硬壳的纸烟，饭馆里弥漫着烟酒与肉菜的霸道香气。带着行李不知道是来是去的年轻人，吃完盖浇饭，坐着没走，给手机充电。手机里同样嘈杂，那里有个可以暂时逃避的世界。

我点的一份排骨饭，不论排骨还是白菜都咸到发指。我觉得，可能是不断有人希望他们把菜做得更咸一些吧？越咸的菜，可以下越多的饭。

澄迈老城　　2022.12.18　18:41

127

午后的肯德基，一半座位坐着附近的老人，也没有手机可刷，就眼巴巴张望着店门的方向——因为占了座位，心虚不敢看向工作人员忙碌的柜台。

正月初四，孩子能聚在一起的年已经过完，又遇寒潮，气温陡降至零下六度，没有暖气的室内仅有三度。空调大概率是舍不得开的，他们穿着最臃肿的冬衣，整个人裹得浑圆，即便如此家里还是待不住，于是肯德基成了最好的去处，春节不停业，有暖气，而且从来不会赶他们出门。

后来的老汉，瞧见熟悉的面孔，弓腰打招呼："才来？"

"对，才来。你也才来？"

"今天怪冷呀！"老汉解开外套最下面的一粒纽扣，提起厚重的衣摆，弯腰坐在邻近的座位。大概知道不是能够敞开聊天的地方，于是彼此沉默，又觉得尴尬，索性彼此闭上眼睛假寐。

顾客逐渐多起来，站在柜台前打量空座儿。

黑衣的店长看见，忍不住走出来，有些生气地请老人坐在一起，不要一人一桌，腾出点儿座位给顾客。原本心虚的老人很听劝，忙不迭起身，挤坐在一起。

一桌四人，彼此不认识，又没有手机可以掩饰目光，只好同样闭眼假寐。

常住店里的流浪老太太，穿梭在食客之间，"吃好了吗？"得到确定的答复后，她帮忙收拾桌上的垃圾，拿起食客的餐盘，走到垃圾桶前，拣出还能吃的食物。垃圾倒进桶里，食物揣进兜里。

淮南　2023.01.25 14:06

128

下马陵,隔壁桌六个人,四男二女,女人五十左右年纪,男人更老,六十左右吧。不确定他们的关系,不是老同学叙旧,战友?朋友?

难得他们正在讨论爱情。

最年轻的女人指着斜对面的男人说:"刘哥!刘哥!你听我说:如果她真爱你,什么都不重要!"

刘哥消瘦,肤色黧黑,头发尚能自保,右手夹支烟,烟熏着虎口上的一朵刺青的梅花,熏着他手腕背面刺青的"陟"字,也熏着他意味深长的笑:"啊,她的皮肤细腻。"

不知道刘哥想念的皮肤细腻是谁,但肯定不是结发的媳妇。年深日久,所有不熟悉的女人都成为思想中的皮肤细腻,而刘哥粗糙的妻子不知道死走逃亡?

葫芦头泡馍店里声音嘈杂,听不清更多关于皮肤细腻的故事,一阵窸窸窣窣的交头接耳之后,刘哥身边领导似的男人大喝一声:"不管什么合适不合适,只要做爱能合适!"

六个人恪守义务地哄堂大笑。

组局张罗的男人笑着站起身,端着青瓷海碗,恶狠狠地呵斥跑堂的小伙计:"怎么叫你还不过来?!一碗三鲜的,加肠!"

西安　2023.02.22　19:04

129

东二路西口，潼关肉夹馍店，晚饭。

先进店的客人，俩女娃点的两个砂锅从后厨端出来放在柜台上，翻滚沸腾，老板招呼女娃自己过来拿。女娃小心翼翼端着托盘放回桌面，不知深浅，不敢贸然去拿锅把，于是后厨的大姐和老板怪他们太笨。

老板，是个穿双新鞋的老汉，不知道是不是新鞋撑腰，生冷硬倔得跋扈。女娃刚半玩笑地说他们态度不好，后厨的大姐似劝实吓地告诉女娃："别说咧，他脾气不好！"

女娃大概本想听句软话，听声道歉，没想到这家店五行属"三"，一个比一个横，于是也有些激动，换了陕西话，意思是"你欺负外地人可以，但是不能欺负本地人呀"。

——有的外地人抱怨西安的旅游体验不好，商家对待外地人的态度很差。身为客居西安的外地人，必须说句公道话：那些商家对待本地人的态度也很差。在服务态度很差这件事情上，那些商家绝对一碗水端平，会像欺负本地人一样欺负外地人，不偏不倚。所以外地人来西安，也算得上是宾至如归。

被直斥欺负人，脾气不好的老板终于没绷住，大叫一声："咋！"完蛋，俩西安人，一个吹胡子说"咋！"另一个只能瞪眼也回"咋！"但凡讲道理，气势就输了。

"咋！"果不其然，女娃毫不示弱，"我们花钱还要找气受？退钱，不吃了！"

老板真倔，退钱就退钱。女娃起身走向店外，路过我时忽然甩下一句："劝你也别在这儿吃了！"音量足够老板听得真切，听真切的老板边叫嚷着"滚！滚！"边冲到店门口虚张声势。

本以为就此过去，不料想片刻之后，俩女娃居然又折返回来，怒气冲冲进店，说是退的金额不对。先于砂锅上桌的肉夹馍和凉皮几乎吃完了，但她们依然觉得理应全额退钱。老板也争这口气，冲着收银的大姐嚷嚷："退！退！一分钱都不要差她的！"

确实横，直肠子，西出大散关，东出函谷关，哪儿退钱也得刨去吃完的吧？

我一边嚼我的肉夹馍一边叹气，因为老实本分，我必须支付全额馍款。

后厨的大姐走出来和我解释，也为安慰我这硕果仅存的顾客："我们是小店，全西安的小店都是这！"

态度差还好斗，这大概也是秦灭六国的根本原因。

　　　　　　　　　　　　　西安　　2023.05.07　21:13

130

早餐店进来一个二十多岁的男人，带着自己的娃，还有他的老母亲。

他对自己的娃娃关怀备至，问娃娃想吃什么馅的包子，喝点儿什么稀的。娃娃说肚子疼，男人担忧得要去买药，娃娃表示问题不大，慵懒地说想喝碗小米粥。男人冲老板说："来碗小米粥！"

老板问道："几碗？"

"一碗。"

始终不言不语的男人的老母亲，忽然说自己也想喝碗小米粥，男人这才醒悟，回头告诉老板：

"两碗吧。"

西安　2023.08.06　09:44

131

我自己滴酒不沾,但是特别喜欢看别人自斟自饮。

快餐店来了个小伙子,也拼了一份两荤两素十五块钱的菜,但是没要米饭,而是又花十块钱买了一瓶半斤装的二锅头。

坐定,菜盘像饭碗一样摆在近前,打开酒瓶,倒上半杯,大口吃上几口菜,这才端起酒杯,抿嘴呷上一口,"吱"地吸口气,美了,掏出手机刷起视频。

小伙子穿着T恤,胳膊伤痕累累,旧痂刚落,又添新痂,脸色黝黑。不论做什么,晚上心心念念的这口酒,都会是坚持一天的理由之一吧?

待到酒意阑珊,还有明天。

淮南　2023.10.01　18:46

132

麦当劳，有个七十多岁的老太太，染过头发，发根能看见冬日霜草般的白。

独自一人，点了一杯可乐、一份薯条、一个冰激凌甜筒。

她的吃法很特别，拈出一根薯条蘸上冰激凌，节奏缓慢地放进口中。

背景音乐放着不知道谁翻唱的白桦林，于是我忽然想起辽远的北方，莽原枝杈上挑起的雪。

愿她好胃口。

海口　2023.11.13 12:21

以及所有那些偶遇

133

风轻云淡地走着路,忽然一个老太太拦下我,满面愁容,眼袋上尽是眵目糊。

她要我帮她给她孩子打个电话,说是自己打不通。孩子在外地上班,她想问问过节了怎么还没有回来,买着票没有。

十一位的电话号码她说得很流畅,牢记于心的号码。第一遍铃声响完,无人接听。她焦急叹息,我帮她再打一遍,终于有人接听,一个颇不耐烦的男人声音。

老太太忙不迭抢去手机,大声询问,却像对讲机一样拿着,自然不可能听见那边说些什么。我只好再要回手机,简单问了下,那边说没有买到火车票。我问是不是就不回来了?迟疑片刻,回说一会儿再去买,如果没有就买汽车票。

转述给老太太,但她还是迫切想和儿子通话,着急忙慌地抢手机，举在眼前，急切嘶喊："买着票了吗？你还回来吗？买着票了吗？孩子？"

眼见得手机屏幕恢复为桌面，那边挂断了电话。

我告诉她之前她的儿子说的话，老太太听见会买汽车票，喃喃念叨着那就对了。

可是，也许就像我一样，情感上愿意相信，但理智并不相信——相邻的城市，交通极其方便，而将近正午，还没有买票，说回来可能只是敷衍了。

等候电话响铃的时候，她也许是怕我不帮他，不住安慰我："谢谢你，我的孩儿。"

淮南　2018.10.01 10:37

134

环青海湖旅行过的人，肯定都知道青海湖西南角的黑马河镇，现在颇为繁华，国道两旁密布餐饮住宿。十几年前，不过一两家村民自营的大车店似的旅馆，两三家小饭店。

相比本地未免寡淡的面食，往来旅客更爱各地吃惯的川菜，饭店投其所好，也都打出川菜的幌子。可是真正四川人经营的川菜馆，那时只有一家。

四十岁左右的夫妻俩，丰都人，男人掌勺，女人招呼生意。

高海拔地区寒冷，我印象中店里永远生一只火炉，燃料是高原上常见的牛粪饼，于是屋里也永远弥漫着那股熟悉的高原独有的气息。

那时顾客主要还是国道往来的司机，夜宿黑马河的游客很少。司机如果赶路，大多只要一碗面或者一份盖饭，草草果腹。打算休息会儿的，或者熟悉的当地人，则会请到独立的小间，烧上一盘禁捕禁食的青海鳇鱼。

我曾在黑马河住过一段时间，常在他们的店里打尖。

没事聊起来，老板娘总会抱怨生意难做。高原的冬季漫长，大雪封路，生意极其清冷。即便我在那里的六七月份，也会忽然暴雨，一阵冰雹。

不能出门，也就没有进门的生意。

守在店里，火炉封起，就着余热温着一壶热水，一人一杯粗茶，冒着温吞的热气。

之后两年，他们的店还在那里，生意依然不见多好，依然说着想回老家。

但我总觉得这些日常的抱怨并不会成真，她可能永远都会守在黑马河的国道旁，听从自己的命运，做着司机与游客的生意。

最后再去青海湖，中间隔了几年，黑马河镇发展得俨然旅游景点，那么多饭店，却唯独不再有她家。不知道什么时候，也不知道什么原因，他们忽然就决定回返遥远南方的老家，三峡边的丰都，那里温暖而湿润。

人们偶尔会有一些微不足道的联系。

有些人再不想起，还有些人如我这样偶尔会想起。

但是这联系细若游丝，无须暴雨冰雹，一阵微风拂过，也就断了。

淮南　2020.09.11 14:34

135

对面病房，31床，不断哀嚎的老太太，九十一岁，在养老院摔断了大腿。

只有一个女儿在外地，赶回来，请了护工，却又告诉护工，不要再给老太太吃了，让她去死吧。

护工私下里说，老太太是很强势的一个人，女儿女婿很孝顺，给她买了房，装修也很好，但是老太太永远不满意——当然有可能是衰老的病态，也有可能只是女儿的一面之词——后来住去了养老院，结果摔断了胯骨。

护工自己订的粥，喝了一半，留下一半打算喂给老太太。

女儿拦下来，"别喂她了。"

淮南　2021.01.16 16:54

136

31床的老太太死了，只有护工留在病房，收拾好自己的东西，走出来。

病友问她："这就走啦？"

女婿找到殡葬服务回来，安抚焦躁的同室老太太："穿上衣服就拉走。"

殡葬服务的女人站在走廊，告诉亲友："正常是要停灵三天。"看起来能拿主意的亲友询问："明天能不能烧？"

同室老太太不让护工走，害怕，求她等到自己的儿子来。

护工坐下，屈指一算，"十七天"。

"刚才和她女儿坐到床边，眼看着她不喘气了，"护工说，"大概就是在等她女儿呢。"

淮南　2021.01.16　17:47

137

护工家在淮河北岸，老太太猝然离世，她今晚也没办法过河回家，好在女儿住得不远，我又顺路，可以开车捎她一段。

她说老太太住院十七天，"三十号摔断腿，我当晚就来了。"

十七天来，没有一男半女来探望她，只有出事的养老院院长过来一趟，表达了些无关痛痒的慰问。

护工觉得老太太年轻的时候做人一定有些问题，"没有围拢下一点人缘"，以致凄惨离世。

老太太九十一岁，女儿看起来也就五十多岁，为何年纪悬殊如此之多，护工也不知情。

"也许是四十多岁才生的孩子？"护工猜测，"好在还有这么个女儿，而且女婿又好，已经给买好了公墓。"

"从此就她一个人了。"

"她老头早就和她离婚,又成了家,人家是要埋在一起的,"护工下车前说道,"从此就她一个人了。"

老太太姓姜。

淮南　2021.01.16　19:10

138

兴平,十九点,三个瞬间。

一、东关,又下起了大雨。

一对老夫妇躲在公交车站雨棚与站牌的角落,女人忐忑地张望车来的方向:"可能没有车了吧?都过七点了。"

男人张手为女人探出的身子徒劳地遮雨,安慰她:"肯定还有,末班车七点十分呢。"

旁边等车的中年妇女扫兴地插了一句:"刚走一辆201。"

男人另一只手里攥着一件雨衣,要给女人穿上,女人接过来却套在了男人头上:"看你裤子都湿了,回去的时候骑慢点吧。"

站牌后面,停着一辆电瓶车,原来男人骑车过来接她,却被大雨捂在公交车站。男人再把套进身子一半的雨衣扯下,囫囵着围在女人身上。

扯来扯去。

雨忽然喘口气，歇了下来，男人赶紧用雨衣充做抹布擦干净电瓶车座上的雨水，跨身上车，招呼女人赶紧坐在后座，欠着雨好大债务似地逃雨而去。

中年女人悻悻地看着他们走远，201路公交车仍然没有来。

二、东环路有处工地，傍晚散工，工友四散寻找晚餐。

忽然大雨，许多人像我一样躲在临街店铺的屋檐下，看着雨滴摔碎在路灯下的东环路上，溅起灿烂的水花。

他们戴着同样的红色安全帽，打着一把雨伞。女人束手在前，扎紧身体，男人倚身向她，雨伞严严实实地撑在她的头顶，自己半边身子湿透，安全帽檐滴着雨水。

我猜想，他们应当是夫妻吧，看年纪，可能是新婚燕尔的夫妻，深锁上新房，离乡出门打工。不知道未来还会在异乡工作多久？几年？还是十几年？是在关中，或是更远的北方，更远的南方，还会在一起吗？

我是说，还会这样紧紧地走在一起吗？

不因时间与纷繁世事而疏离，不论北方冬天的雨，还是南方夏天的雨,哪怕有许多雨伞,却仍然只撑着一把伞,紧紧走在一起。

忽然有车来,害怕溅到她身上积水,男人环抱起她的肩,一起跳上人行道。

不料踩着一汪雨水,鞋子肯定湿透了,却笑得仿佛淘气的孩子一样。

三、雨势渐小,路上放学的中学生,骑着电瓶车疾驰而过。

两辆电瓶车,后座的女孩子冲着公交车站欢快地尖叫:"帅哥!帅哥!你好呀!"

帅哥距我一步之遥,高而瘦,藏青色的兜帽衫,戴着眼镜,不知道是她的同学,还是校友。他循声望去,并无表情,直到尖叫的女同学成为影子,他才淡淡地笑了起来。之前拨去的电话接通了:"妈,我在等公交车,但是不知道末班车走了没有。"

挂断电话,他拍起了路边的积水,远空的乌云,左看右看,然后发给了那边的她。再给她语音,还没有说话,已经浓浓地笑了起来:"你到家了吗?我还在等公交车。"

盯着屏幕,直到她回复他,不知道说了些什么,他却已经快乐得可以遮蔽雨水。如果她在身边，末班车反而会成为最令他厌恶的存在吧？最好永不会来，他们可以有一句没一句地等待明天。

我上学的时候，晚自习结束，既没有电瓶车，也没有末班车，大家散在车棚，寻找自己或破或新的自行车。

有些人骑车等在车棚门外，看见喜欢的同学，会问一起走好吗？

大概都会说好吧，夜路很黑。

一路默默无语，心里却乐开了花。花儿漫山遍野的春天，快乐的孩子在山野间飞跑，卷起满天飞舞的蒲公英，每一朵飞绒都是升腾而起的希望，永不落地的希望。

"在一起吧！"

兴平　　2021.09.19　20:33

139

武功镇，六十八元的旅馆，客房居然没有衣架。

下楼去找前台，一个男孩子正在办理入住，他或者还是大学生，或者刚毕业没有多久，生涩于订房，我的出现让他更加慌张。

角落里，坐着一个女孩子，显然是男孩子的同伴，却更加羞怯，戴着口罩，低头紧盯着手机，对于前台发生的一切绝无好奇心，仿佛绝不抬头便可遁迹。

我不想打扰他们，出门去车里拿了自带的衣架。

回来的时候，男孩子刚办完入住手续，他向电梯走去，绝不抬头的女孩子心领神会，紧随其后。

只有一部电梯，很小的电梯，我本想让他们独自上楼，但是看见我的男孩子礼貌地扶住电梯门等着我——这或许是他装作若无其事的矜持——我不愿意拂了他的好意，挤进电梯。

女孩子躲在角落，面朝厢壁，认真钻研电梯轿厢的金属构成。

能看出来为了今晚她精心地装扮，电梯间苍白的灯光下，她的眼影有无数闪亮的光点，仿佛此起彼伏的心。

我住四楼，他们的房间在三楼，电梯厢门关闭的瞬间，我看见他们找到了房间，打开了门，无数只乱撞的兔子冲了进去。

武功　2021.09.20　21:02

140

凤翔，二十点，等待的三个瞬间。

我又花干夹了个馍，昨晚边走边吃，衣襟溅了许多油点，今晚坐在大什字广场的长椅上，就着晚风。

商场八点半下班。

一、穿一件藏青色中山装的中年男人，骑着他黄色的电瓶车，百无聊赖看着身边的老汉用海绵笔在地上写字。

八点半，商场灯灭，营业员蜂拥而出，他左右张望，却没有看见等待的人，于是慌忙从怀里掏出电话，眯着眼拨出号码，等待接听的片刻，满脸焦虑。

他的女儿，一个年轻女孩子，从墙角的侧门钻出来，看见他，窃笑着，蹑手蹑脚地绕到他身后，快步跑向他。

二、广场早早站着一个小姑娘，个子不高，有张可爱的圆脸，提着装满食物的塑料袋，显然也在等人。

要等的人久久不来，她用手机发消息时的表情越来越愤怒，愤怒到忍不住把塑料袋放在地上，恨恨地掏出一盒馍片，恨恨地撕开包装，掏出馍片愤怒地嚼了起来。

终于，是在手机上看见在等的人到了的消息，她抬眼张望对面的公交车站，一个男孩子正从一辆出租车里钻出来。

她把馍片装回塑料袋，拍拍手，快乐地笑起来。

然后，又沉下脸，重新调整好愤怒的表情，愤怒地看着男孩子穿过马路跑过来。

三、旁边的长椅，坐着一个七十多岁的老汉。黑衣黑鞋，一件白衬衫。跷着腿，左手攥着一台白色手机搭在膝盖上。他东张西望，看着人来人往，却并不紧盯商场大门，所以他或许并没有在等待谁。

走过来一对年纪相仿的夫妻，彼此认识，老汉站起来和他们寒暄。听起来应当是曾经的同事，几句客套之后，夫妻俩诧异地问："怎么就你自己？老田呢？"显然老田应当是老汉的老伴儿。

"走了。"老汉神色转瞬凄然。

"哎呦！什么时候的事情？"夫妻俩恰如其分地表达惊诧与同情。

"五月初九。"

然后是照例的询问与慰问,但是话题显然太过沉重,难以为继,夫妻俩很快道别,在自信走远之后,回身探看,交头接耳。

老汉背对他们,看不见他们,神色复归淡漠,继续东张西望,看着商场灯灭,看着女儿坐在父亲黄色电瓶车的后座走远,看着迟到的男孩子赔笑道歉,女孩子终于绷不住原谅了他,又笑起来,递给他自己吃剩的馍片,快乐地嚼着,一同走远。

然后,老汉起身,提起手边的塑料袋,看着结伴走远的他们,径自走远。

塑料袋里,半袋豆角。

天气预报的雨,终于落了下来。

在路灯的光晕中,飘忽而慌张。

凤翔　2021.09.22　21:16

141

回到彬州，雨势愈浓，徒步去邮局盖邮戳。

撑伞走到公刘街，迎面看见一个老汉，一身黑衣，戴一顶黑布自缝的瓜皮帽，背着收荒的编织袋，冒雨走来。

雨，匿迹于他的一身黑衣，可是酱色的脸上却滴着水。

我想要不要把我的伞给他？我可以再去买一把？可是他双手拽着肩头沉重的编织袋口，哪里还能打伞？我要不要送他一程？

他认出了屋檐下避雨的女人，大概是他的街坊，于是也走过去，雨不再淋在身上。

屋檐诚恳而坦然，不像我。

彬州　2021.09.27　21:08

142

来公墓看我爷爷奶奶。

后面第三排，几个弟兄姐妹在祭拜他们的父母。

结束，走之前，挨个儿磕头。

六十多岁的老姐姐拉着她六十岁的弟弟："你腰不好，就不要磕了，鞠躬吧。"然后口气换作嗔怪，"帽子摘了！"

弟弟乖乖听话，脱了帽子，白发已无多。

"口罩也摘了！"

姐夫在旁边打圆场："口罩就不用摘了。"

"口罩不摘，爸妈就不认识了。"老姐姐的口气和缓下来。

淮南　　2022.01.09　10:48

143

叔叔住院手术,过来陪护的我也要佩戴手环,全程禁止离开病区。

其他病房的老汉过来,和相邻病床食道癌的六合老头大声聊天。大声得甚至有些刻意:"我们既然这样了,只能积极治疗!"

可是,我觉得他与其是为彰显自己的乐观与豁达,不如说是为吓退自己的畏惧与退缩。

计算着还有五天就要过年了,六合老头说他后天出院,"回家过年"。

"我恐怕回不去了,"老汉的手术安排在今天,"做完手术,还有五天化疗。"

六合老头的毛发已经在放化疗中落尽,甚至眉毛也归无有,比较而言,老汉还有斑白头发与洪亮嗓音可供摧残。

"就我们老两口儿，都出来了，"老汉说到春节回不去的家，"家里锁着门。"

这是比手术与化疗都让他忧虑的事情："在我们农村，过年是不能锁门的。"

老汉的声音低沉下去。

南京　2022.01.26　08:48

144

得食道癌的六合老头是老伴在伺候他,老伴胖而臃肿,不断地咳嗽、吐痰。

中午的饭已经送到,老头的吊瓶还没有打完,老伴守在床头盯着滴管。

忽然老头对老伴说:"去叫护士,打完了。"

老伴没有挪步,依然注视着吊瓶,"还有一点呢",她是不愿意浪费药水。

"你妈的个×,让你去你就去!"因为化疗而落尽毛发,看起来凶悍狰狞的老头忽然骂起来。

出外意料,我与病房的其他人都感觉惊讶,感觉错愕。

老伴的神色却没有任何异样,看来挨骂早已成为生活的一部分,她不再注视吊瓶,出门叫来护士。

等护士拔去针头,搭好床桌,老伴摊开午饭。

红烧带鱼、鸡块、冬瓜汤，还有每顿必不可少的家里带来的咸菜。

然后坐在床边，和老头安安静静吃起午饭。

南京　2022.01.26 11:33

145

左边的六合老头今天又破口大骂他的老伴,声音不大但很凶恶。

他的胖老伴依然无动于衷,不恼不怒。

老头食道癌后第八次化疗,精瘦,不知道还有几多时日。

右边的宝应中年夫妻感情很好,男人把女人照顾得无微不至。不像六合老两口女儿在南京,隔三岔五送菜,宝应夫妻就他们俩独自在南京求医。每天订饭,男人取来,俩人凑着床头柜的小桌板并头吃饭。

女人胸腔术后引流,迟迟还有血泡,不能出院。但是下床走动已经灵便很多,男人提着引流罐,小心跟在她身后。

人们都不知道,彼此还能如影随形多久。

昨天女人的病理报告出来,男人独自拿到走廊,仔仔细细，看了又看。

  见我过来，迅速对折收起，似乎生怕同病房的旁人瞥见。

南京　2022.01.27 14:24

146

走到家门口,有个七八十岁的老太太求我借手机给儿子打个电话,直接就要跪下。

我当然会借,于是她从布包里掏出抬头写着"小魏"的手机号码,告诉我说:"接通了,电话给我,我来说。"

然后摊开手,补上一句:"我的手刚洗过,不脏。"

确实,她长满老人斑的手干干净净,一身衣服也得体,胸前挂张老年卡。

"你是迷路了吗?"我问。

"不是。儿子不接我电话。儿子不要我了。"她答。

响铃许久,就在我几乎要放弃的时候,那边有个中年男人接起电话。我赶紧递给老太太,她迫切地呼唤"儿子",可是还没等说下句,那边已经挂断了电话。她失望地递还手机给我,告诉我:"那边说打错了。"

并没错,我再次确定拨通的号码,与她那张皱皱巴巴的纸上圆珠笔写下的数字一模一样。"你再帮我打一次吧?"她恳求道,念叨着我是好人,又要跪下。

几步之外,小区保安挤眉弄眼地招手示意我过去,嘴里小声告诫我别再帮她打电话。这让我左右为难,决意还是再拨一次,手机交给老太太,然后再过去询问保安究竟是何情况。

保安说老太太就住后面小区 15 号楼,脑子不好了,可能是老年痴呆,每天四处借手机给儿子打电话。儿子不愿过来,是因为之前某次前脚进家门,后脚老太太就打了 110,报警说儿子要侵夺她的家产。儿子难以忍受,索性再不过来。

事实上,她心心念念的就是这个儿子,自己住的楼房,也遗产公证给了儿子。虽然儿子并不要,但是女儿因此嫉恨,再不过来,"你把房子给了儿子,那就什么事情都找儿子好了。"

第二个电话那边索性不再接听,老太太无可奈何,手机还给我,道谢,悻悻然走远。远处,又遇见老街坊,大概又在借电话。街坊知情,只是寒暄两句走开。路过我和保安的时候,一声叹气。

"有一天她真的走不动了,不能再折腾了,儿子也许会回来吧?"保安没来由地自己揣度,最后总结一句,"她这就叫害孩子了。"

即便如此,我依然觉得她很可怜。"也不是她自己希望变成这样的",我回保安。

楼道已经不再有阳光,我奶奶也不会再站在那里等我。

没有谁是故意如此的,就像奶奶最后的时候,她也不是故意不再认识我们的。

淮南　2022.02.01　16:37

147

唐家沱，东风造船厂曾经的灯光球场。

几个孩子围着光秃秃的篮球架发泄精力，球场边的长椅上坐着厂里的老人，阳光拖着篮球架的影子悄悄在他们面前走过，他们昏昏欲睡。

去往东风修船厂的路旁，民国亚西亚石油公司大班房隔壁，一栋青砖厂房，山墙白漆刷着"工业学大庆"，流行在过去岁月的老魏碑体。

写字的人，厂里曾经的职工，去年因病过世了。

他的字还在，他的家人还在，我听朋友说起，他的家人偶尔还会路过。

当他们看见山墙上的"工业学大庆"，大概是会瞬间想起过去的人与岁月吧？

会难过吗？

会难过吧？

一个人离开了，如果不再有人记得他，他便走得彻彻底底，世间再无他的一切。

如果还有人记得他，那他仍旧无处不在，曾经搭起脚手架，曾经在厂房山墙用白漆写下标语，曾经坐在球场边，晒着曾经的太阳。

重庆　2022.02.14　15:35

148

余老头坐在河边,涨水了。

余老头四六年生人,属狗,"七十七了",他捏起三根手指比画出数字"七","出生那年发大水,我差点儿淹死"。

他的老家就在河北岸,老母亲拼命把他托了起来。

"老母亲还活着呢!你猜多大年纪了?"他细眼胡碴的脸上满是自豪。

"一百?"

"一百零二岁了!"他又伸出两根手指,指甲缝里满是溃泥,却是九成九的世人无法企及的自豪。

余老头排行老大,老母亲跟着小他八岁的老三——小儿子——生活。余老头和弟弟的关系不好,弟弟看不起他,因为他从小被叫作"傻子"。

"你看我像傻子吗?"

余老头思维敏捷，语速快而流利，只是耳朵有些背，听我说话时要用手从后向前拢起耳朵收音，"怎么可能？一点儿也不像傻子呀！"这是我的实话，不是客套。

"不过老娘的心都在我身上，天天问：'傻子怎么样了呀？'"

他确实值得老母亲惦记，不像弟弟家庭美满，"还有个侄子在北京开了两家店！"——虽然和弟弟关系不好，余老头依旧为弟弟的孩子自豪。——他是个"老寡寡"，没有成家，没有孩子。

余老头自己住在河边，"国家也给钱"，不过都是弟弟收取，算作他没有伺候老母亲给的补偿。

"我还走得动，收点儿破烂卖。"

他坐在河边，注视着来来往往的轮渡，船上换下来的废铜烂铁是他惦记的生活。

"哪有十全十美的呢？"余老头觉得有口饭，还能驼着背走动，还能用板车拉些破烂儿的生活，还算不错，"我信主的。"

"老母亲也信主，就和佛教一样，过年也能篷坟，也贴春联。"余老头喋喋不休他的因果报应，他觉得自己前世大概造了孽，所以今生是个傻子，是个老寡寡。

"老父亲六〇年饿死的，老娘也受罪，不容易！"不过，在夕阳落尽前他忽然想起一句，"老娘在我们村里是活得年纪最大的！"

"你也能长寿呀！"我恭维他。

他笑着摇摇头。

淮南　2022.03.24　18:08

149

老慕,五十九岁,李嘴孜矿人,一辈子打零工。四年前脑梗,左侧半身不遂。

没成家,没孩子,"踢皮球",于是流浪了三年。

他耿耿于怀的是,"我亲侄子还是大老板呢!不管我。"

以前侄子一家潦倒时,他还帮助过七万块钱。当然只是他的一面之词,我问为什么闹僵了,他答不知道。

他肯定知道。

我把新买的一盒薯片递给他,他狼吞虎咽。

"顾得上嘴吗?"我问他。

"就是顾不上呢。"

他就坐在通往原本最热闹的商贸广场的过街天桥上,但是封城之后,只有一家太谷面包还开门营业,给他买了点吃的,换了点儿零钱。

我和太多流浪汉聊过天,我也知道往往可怜之人必有可恨之处，但是眼前的哪怕只是表象的"可怜"，我却总是无法忽略。

看不见就罢了，看见又怎么能罢了？虽然不罢了又能怎样？

所有交通都停了，他也回不去李嘴孜，回去也没有家。我说不行你就给救助部门打电话求助，话音未落自己想起他根本没有电话。

他说："你给我拍张照片吧？"

淮南　　2022.03.30　17:29

150

老陆,在合肥打工,工地上拎泥斗子。

阜阳的包工头,和他说好的工钱每天一百五。干了一年,每个月给六百块钱吃饭,加上零零碎碎的开支,最后还欠他一万七千块钱,老板跑了。

二十多个和他一样的农民工,拢共欠了四十多万。

老陆今天坐火车回来,"就落下两床被"。两床被子两个编织袋,一编织袋锅碗瓢盆,一个行李箱,一个暖水瓶。

赶上封城,公交车、出租车、私家车全部禁止上路,老陆找不到车,只好徒步回家。他的右腿跛脚,又拿不下这许多东西,只好分作两批,一段一段折返着拿着向前走。

老陆家住卫校,火车站走过去,起码十五里地。

我在老体育场对面的新疆烤串店门前眼馋人家的馕坑

肉，远远看见他，跑过去帮他提了他拿不下的编织袋和暖水瓶，一起向前走。

他给我递烟，一口一声"老大"地称呼我。

老陆六八年生人，今年五十五岁，比我大得多。

分道的十字路口，我说帮他叫辆车，他不敢也不信。看见有特殊通行证上路的小车过来，直往后躲，告诉我"他们厉害得很！"当然，那些小车也没停。

后来我拦着一辆三轮车，骑三轮的小两口人真好，听我说完，愿意搭上老陆。但是他们最远只到新康医院，那里距离卫校起码还有十里地。

我嘱咐老陆下车了别自己傻走，在路边再拦一辆愿意载他的车，但是我觉得他自己可能拦不到。

老陆坐上三轮，挥手和我告别，"老大，谢谢你！"

希望他午夜能够到家。

淮南　2022.04.02　21:30

151

西安第一场秋雨,暑热散尽,秋凉满城,满城由夜侵晨淅沥的雨。

出租车侧窗凝满雨水,看不见窗外湿漉漉的四方城,司机一声一声叹息。东南城角等红灯,他忽然问我:"听你口音是河北人?"

司机姓陈,车里有他的名牌。戴着口罩与棒球帽,摁在挡把的手背上,有斑驳的白癜风瘢痕。"嗯,是。"一夜心绪不宁,我本不想闲聊。

"在西安定居?"

"嗯。"

"多久了?"

"三四年。"

"在西安上班?"

"嗯,"我信口开河,"单位派过来的。"

"羡慕你呀。"

"上班有什么好羡慕的?"

"我也想上班。"他抬手揭起棒球帽,帽尾捋捋头发,重新戴上,继续他的叹息之后,开始和我说他,"我喜欢上班,以前的工作也很好,但是没办法呀,唉。"

"怎么了?"这确实引起了我的兴趣。

"带娃。"出乎意料的答案。

陈师傅有两个娃娃,大的女娃,六岁,小两岁的老二是个男娃。"刚有娃的时候,开车补贴家用,没想到最后成了全职补贴家用的出租车司机,唉。"

为了谁继续工作,谁留在家里带娃,陈师傅夫妻俩有过无数次争吵。"我和女儿关系特别好,她也特别亲我。她妈妈赚得也不多,可我和她妈妈一为这事吵架,她就抱着我哭。我咋忍心让娃哭?唉,就这样咧。"

说起娃娃,这个开出租车的中年男人的语气中有了光,"再坚持几年,等娃上六年级,"他有些激动,再次揭开棒球帽,再次重新戴正,"无论如何,我也要给娃找个好学校。"

未来的理想或然成真,或然成空,成真的可能令他激动，是他生活的光，可以从遥远的未来照进现实，令他有重复日复一日的力量。

每天凌晨出车，"干到下午三四点，娃娃放学，接了娃回去，车交给夜班。"然后陪娃做作业，给娃娃和媳妇做饭，哄娃睡觉，等待明天。

"身边的朋友也会羡慕我，"未来的光照亮了现实，陈师傅反省不应一味悲观，"有车有房，媳妇漂亮。"

"儿女双全。"我为他补充。

"对，儿女双全。有些人真不如我，唉，可我就想像他们那样上班——我以前是干销售的——就想背着包，各地跑跑。"

"可是现在……"一阵沉默，车停在东北城角，雨窗后的角楼只有模糊的轮廓。雨刮器每次启动一阵喘息般的吱呀，那个刚刚说完自己令人羡慕的生活的中年男人，回归之前低沉声音说道，"现在我唯一的乐趣，就是和坐车的陌生人聊天。"

"我在想……"可转角已到我的目的地，我们恢复成客套而友善的司机与乘客关系，"十三块九。"

"付了。"

"谢谢，注意安全……我到前面掉头。"

我本想找些安慰他的话，可终究不知道说什么，于是沉默未语。

冷漠得仿佛道边蓄积的秋雨。

西安　2022.08.25　11:09

152

就在去年遇见余老头的河堤上又看见他,垂手低头,从我眼前走过,但是没有认出我来。

老头戴着皮帽,扣着耳捂子,棉衣穿得鼓鼓囊囊。

像他这样的"老寡寡",无家无后,无所事事,估计每天都会这样反复在河堤走上许多趟。

直到再也走不动,躺在家里等来生。

淮南　2023.01.29　16:57

153

公交车到医院站，有个六七十岁的女人搀扶着她八九十岁的老母亲下车。

下了车，女人站定歇歇脚，老母亲关切地反过来搀扶着女儿。

女儿左侧脖颈有很大一个肿包，几乎不能转头，看起来是她自己要来医院看病。要么是不放心老母亲独自在家，要么是老母亲不放心女儿，所以俩人做伴而来。

许多年前，她们或许也曾路过这里，年轻的母亲牵着女儿的手，欢笑而轻快地走过，如今却是两个白发苍苍的老太太，互相搀扶着挪向医院大门。

淮南　2023.01.30　15:59

154

出地铁,是夜深的永宁门,是灯火通明的合生汇,楼前一片嘈杂,嘈杂着白日的喧嚣。

有人在唱歌,唱别人的歌,唱别人的过往,唱别人的爱情。

我从来都觉得能写歌的才是真正的音乐人,非此皆为等下之人。好听的歌翻唱也好听,不好听的歌等上之人也是无可救药。

有人在听歌,听别人的歌,想起自己的过往,想起自己的爱情。

人们时常以为自己是被歌声打动,实际打动自己的还是自己的内心,某年某日的过往,某年某日的爱情。忽然在陌生城市的月夜街头听见,忽然一切如在今年今日,往事走过身后,她与他驻足在咫尺外的天涯。

有人远远躲开,瘫坐路边,抱膝埋头,坐着他的全部家当，世间无有过往，无有爱情，只有当下的嘈杂，只有夜深人静后的长夜。

有人远远躲开，坐在长椅上，弯腰埋头，脚边几袋塑料瓶，是他一天的全部收获。他抽起了烟，自己卷的土烟，淡蓝色的烟雾腾起，过往的一切皆成虚空。

我在他身边略坐片刻，留下我的空水瓶。

二月望，薄云明月。

许多过往，卷起一缕又一缕烟。

西安　2023.03.06　22:18

155

老汉牙坏了,西仓早市的牙摊上和穿白大褂的江湖郎中坐而论道——主要是讨价还价——浪费许多口舌,最终还是打破了郎中两颗牙一百一十块钱祖训的底线,一百成交。

郎中直接掏出木工的尖嘴钳,拔下老汉松动的门牙,然后掏出小电钻,让老汉捧着蓄电池,接电,钻头杵进去打磨牙根。

总有钱不凑手的人,要在这尘土飞扬、人来人往的窄巷中解决自己的痛楚。

至于是否能够一劳永逸,还是带来更多麻烦,那是暂时无法顾及的。

也许是昨夜的一宿牙痛,才有今天的义无反顾。

西安　2023.03.09　09:33

156

东向西过南大街,走阶梯出地下通道。

前面有个女孩子,光脚穿双崭新的皮鞋,鞋码有些大,脚后跟腱处磨得通红,滑脱的创可贴上沾着血渍,我都能感觉到她每一步的疼痛。

但她依旧努力保持正常的步态,若无其事地和她身边的男孩子说笑,只是走出地下通道后说了一句:"找个地方坐会儿吧?"

无论如何掩饰,痛楚都难以忽略吧?

但是唯有新鞋才令人痛楚。

穿久了的旧鞋,习以为常了,也就视如无物了。

西安　2023.03.19　17:30

157

　　隔着竖立的公交站牌，有个男孩子压低声音却迫切地询问："你还爱我吗？"

　　我透过站牌下的缝隙看了眼，只有他自己，所以是在打电话。

　　显然电话那边没有回答这个问题，于是他再次询问，但改换了措辞："你还喜欢我吗？"

　　电话那边、我、309路公交车站牌，我们老哥仨都知道答案，唯独他自己不知道。

　　或者不愿知道，比起答案，他或许宁可电话那边欺骗他。

西安　2023.03.22　15:48

158

老太太拖只箱子来西市路边摆摊,都是些票据烟标之类的纸片片。

有个看起来更老的,弓腰驼背、满头白发的老汉想买她装零碎的彩线编织袋,老太太出价十块,老汉只愿意给八块,老太太不同意,最低也要九块钱。

老汉问老太太多大年纪了。"九十",老太太回他又反问,"你多大年纪?"

大概本来想倚老,却没想到老太太比自己还老,老汉有些愣神,只好避实就虚地喃喃回答:"那你比我大。你是老大姐。"

可是老大姐依旧不同意再便宜一块钱,老汉无可奈何,有些耍赖地不置可否,自顾自转身把编织袋折起来,塞进自己的手拉车,然后怀里掏出钱来——一叠一块钱的纸钞,每十张拿一张横折过来夹起另外九张,老派的理钞方法——背身点出几张，塞进老太太手里。

"九块钱吧？"

"九块。"

"我数数。"老太太不放心。

"哎呀，不用数啦。"却没有阻止住老太太，老太太一张张数下来，却不对数。

"还是八块呀？不能卖！"

老汉握住老太太拿钱的手往她的腰包里揣，"哎呀，叫你一声老大姐也值一块钱了！"

挑选票据的人不少，招呼不过来的老大姐只好不再计较，收下八张旧却梳理平整的一元纸钞，老汉如释重负。

"哎，那个粮票一块钱一张。带语录的！"

可是看见挑选的男人把那五连张的粮票从票夹中取出来，老太太又舍不得了。

"哎，带语录的我不卖！不卖。"

西安　　2023.04.01　10:10

159

男人站在仁义东巷东口，叼支烟，顶戴大红绒球的盔头，身披大红戏袍，眯缝双眼，睥睨往来的路人。

附近停车场的保安有些看不起他："小区搞卫生的。脑子有问题。"

男人看见我们私语，知道是在说他，于是转身走开，却忽然回头喃喃说了句："那是打鼓的！"眼神充满不屑。

保安说的倒也没错，无所事事的时候穿着戏袍站在路边，沉浸于幻想的舞台，多少是有些活在自己的世界。

但是也没有什么不好，有个幻想的舞台屏蔽现实世界，屏蔽现实世界的种种不堪，岂非也好？所以他确实有资格投来不屑，毕竟我们没有办法剥离现实，无时无刻无处逃遁。

我们是彼此眼中的疯子。

西安　　2023.04.02　14:21

160

民宿租下楼上那间,改作客房。

楼板薄如蝉翼,隔音极差,所以不胜其扰。却也能听出入住的都是什么人,因为说话都能隐约听见。

前几天一对情侣住了好些天,大概热衷于夜店,每天回来都很晚,于是我能安稳入睡,却分别在午夜一点、二点两次被吵醒。

他们昨天走了。

昨晚入住的也是一对情侣,我清楚地听见他们入住,整理行李,走动,洗澡。

很吵,我在想要不要上楼去提醒他们轻一点儿,结果忽然风起云涌,床腿摩擦地板,人体撞击与女孩子的咏叹调。

我想或许可以不用再去提醒他们了,这个时间做爱,应当是没有再去夜店的打算,而且大概很快就能睡去吧?

不料午夜一点过后，楼上梅开二度，男人默不作声做功，女人叫得仿佛溺水又被鳄鱼咬住了腿。

婚前贪吃，仿佛丁戊奇荒的饥民，但凡有吃的都得吃一口，哪怕拉肚子、闹肠炎也在所不惜。

尤其男人，春夏秋冬，无时无刻不是《动物世界》中"交配的季节"，血泪横飞，涕泗交流，非洲大草原充斥着肉欲的气息——宾馆客房更胜一筹，狮子后半夜起码还得捕猎。

然后交往日久，结婚生子，夜夜举案齐眉，相敬如宾，发乎情而止乎礼，日日难受，夜夜头疼。

忽然，有其他住户不堪其扰，我听见噔噔噔的脚步声，然后有人砸门，一个男声大喝一句："这么晚了还让不让别人睡觉？吵死了！"

楼上片刻寂静，然后脚步声交叠，女人低声劝阻，大概男人打算冲出门去干架——荷尔蒙让人上下两头充血。

好在女人理智仍存，努力劝解，终于没有打起来。

其后草草了事。

过了两点我才敢睡，戴上耳塞，打开音箱播放白噪音，依然隐约能听见南环路上的炸街摩托。

还有些担心梅花三弄。

　　　　　　　　　　　西安　2023.04.08　09:20

161

琉璃厂西街主要售卖笔墨纸砚，李老板开了二十年的旭华斋，大约是硕果仅存的还有些真东西的文玩店。

聊起来，李老板有和很多文玩老板同样的困扰：唯一的孩子不喜欢。所以从前打算留下去的玩意儿也都拿出来售卖。

"其他东西也不收了，只打算再收点儿中医手抄古籍。"估计半为收藏，半为"偏方瞧大病"。

李老板东北口音浓重，乡音不改的典型。

"附近的老北京把家里的老照片拿来卖，没办法了！"他压低嗓门——所有慎重言事的标准前置操作——"你猜怎么回事？老照片放在家里，孩子拿剪子都给剪了！"然后恢复音量继续说，"所以卖给了我，好赖还有个传承。"

也许是真的故事，也许只是为待价而沽的老照片准备的故事，无论如何，这个故事却是下午有些清冷的琉璃厂西街除却风声鸟鸣之外极好的点缀。

　　李老板送我出门，谦恭殷勤，不像国营单位气质的来薰阁，里里外外透着谁也瞧不上。

　　"要什么我给您再让让。"他最后的嘱咐。我询了两枚印章价格，李老板从三千五让到三千，另三枚乐陵的印版，六千没让。

　　我并没有必买的决心，出得店来，免费的风声鸟鸣依旧。

北京　2023.04.18　14:05

162

我在礼泉老西街打听老城隍庙,屋主人,老太太,很是耐心地回答我。

门口站着一个六十岁左右的女人,几乎在我和老太太对话中的每个逗号插一句:"你信耶稣么?"

"老城隍庙在街道上?"我问。

"在街道上。"老太太答。

"你信耶稣么?"女人插话。

"桥上那个是新的吧?"

"后迁来的。"

"你信耶稣么?"

实在没办法,我赔着笑脸答了句"不信"。

"你为什么不信耶稣呢?耶稣创造了天,耶稣创造了地。"

礼泉　2023.05.11　15:11

163

俩东北大哥，喝得像是晒伤的小龙虾，站在路边摇摇晃晃地寒暄。晒伤龙虾的双螯紧紧钳在一起，说两句，摇两下，如同失联重逢的情人，再不愿有分离的苦。

色泽略淡些的说："啥前儿来家，让你嫂子炒俩菜！"

色泽通红的也客气："我给你带点儿咸菜！家里刚邮来的，萝卜、大白菜，那小咸菜腌的！"身体晃一晃，仿佛是要把口水㖡回腔子里，"海南这儿的不行，尽抓瞎！"

"上家去，炒俩菜！"

"带点儿小咸菜！"

"炒俩菜！"

"小咸菜！"

钳子都快摇碎了。

澄迈老城　　2023.11.12 16:19

164

海口 89 路公交车,乘客不多,稀稀拉拉散坐车厢两侧,左右两派。

我身后是个老妇人,趴在我椅背昏昏入睡。

侧后方两个老汉,肤色黝黑,安静地看着窗外。

再后排一对夫妻,男人右手拎着串,左手搭在女人的腿上。

整辆车的气氛安静祥和。

拐过弯,下站万达广场西站,后排忽然有人被一椰子刀劈在了三叉神经上,嘶号一声:"下车!"

是那个被搭大腿的女人,四川女人,冲着前排她的亲友吆喝。

坐我后排的老妇人闻讯开嗓,"下车!"振聋发聩,一嗓子站在天府广场喊出来,朝天门码头清清楚楚。

黝黑的老汉是下一张多米诺骨牌,"到站了!到站了!"这是提醒他身后的另一个黝黑老汉,"啊?下车!下车!"他简直恨不能一刀捅死司机,生怕司机不停车害得自己坐过了站。

然后一家人此起彼伏地"下车!""到了!""下车!""到了!"

拎着串的男人由始至终一言不发,可能已经聋了。

我的听力至今没有恢复,满脑子长城绑满四川人代替烽燧系统的想象。

         海口 2023.11.13 12:48

165

小区最近几天鸡飞狗跳。

前两天我看打出横幅欢迎新物业,警察天天出入小区,挂着"两袖清风"大红锦旗的业主委员会跟大战前的前敌指挥部似的,业主委员会的领导也如各兵团司令,个个神情凝重,仿佛全小区、老城镇县、海口市、海南省的前途系于他们一身。退休前可能都没有体验过的权威感,如今像是肥大的前列腺之于尿道、增生的结缔组织之于乳房,在退休之后远离故土的海南,难以忽略地存在着。

今天我下楼取快递,一个老年妇女主动告诉我,小区要换物业,但是旧物业不愿意撤离,业主群起而攻之。

"你投票了吗?"她质问我,"你看业主群了吗?"

"你加楼栋群了吗?"

"你进单元群了吗?"

我的南霸天,组织结构真是繁杂。老了老了,却跟小学一年级第一堂的权力示范课一样，选出小队长、中队长、大队长，就是不知道他们有没有自制的从一道杠到五道杠的臂章？

"我住的是朋友的房。"我排尿顺畅地回复她——如果我是个女人就是乳房柔软而坚挺地回复她——她一时有些愕然，语塞地看着我，仿佛看着一个旧物业的细作，仿佛他们的斗争险些毁于她的一时失察，半晌才把之前"诚挚的客气"换作"客套的客气"："住得还好吧？"

"欢迎你再来。"——我并没有打算走呀，"我取个快递。"

我没有产业，所以我理解不了这种斗争。无非旧爱新欢，所有的旧爱都是曾经的新欢，所有的新欢也会是未来的旧爱。急不可待地想让新物业入驻，就像馋新欢的身子。

也许等我下次再来，一场改换新新物业的革命又将开始。

澄迈老城　　2023.12.31　20:03

166

我下楼取快递，有个老家伙准备骑上三轮电瓶车带着老伴出门。

看见有认识的老汉走进小区，他远远打起招呼："回来啦！好久不见了！去哪儿玩去了？"

进小区的老汉边走边回话："去西沙玩了一趟。"

嚯，不得了了，老家伙嗓门瞬间提高八度："啥前儿去的西沙？现在？得五六千块钱了吧？！"

"嗯，五六千。"

"只能玩两个岛？！"

"嗯，两个岛。"

"我们去过！玩了三个岛！"老家伙这扬扬得意的劲，生怕老汉不知道自己玩亏了。

"哦。"老汉已经有些不太愿意接话了。

"我们一九年去的，三个岛随便玩！"

"哦。"老汉加快脚步往回走。

"那时候还便宜，四千九！"真是生怕老汉玩得开心，玩儿了命地要给老汉添堵，要让老汉觉得窝心，要让老汉不痛快。

老汉没再搭理他，自顾自回家去了。

我走在老汉身后，回头看了眼老家伙。

老家伙意味深长地冲着老伴笑，满脸的得意。

澄迈老城　2024.01.07 10:11

167

超市里的所有店员都在议论一个人。

一个女人,不知道是她们的同事还是前同事,过年买了很多金首饰,"那个穿珠子的起码五十多克!"蔬菜区的收银员猜测着说。

"不止!我看最少一百克!"卖鲜肉的胖大姐两眼平视前方,让她嫉妒的金手镯悬浮在虚空,直勾勾的眼神,内侧的铭文简直都清晰可见,一只打着"Au999",一只打着"恨人有"。然后悠悠补一句:"现在买它干什么?正是贵的时候,五百多一克!"

"哼,"蔬菜区收银员意味深长地冷笑一声,"有钱嘛。"

我买了六瓶无糖芬达,结账的时候,收银区的收银员居然也在聊这事,"她这个年算是逮到了!"

我很好奇这个抄上了贵重金首饰的到底是谁,不论是谁,也不是个省油的灯,带着情人节新得的首饰来超市炫耀，结果生生把超市打翻成了妒海，一众同僚在情人节的下午饱受煎熬，嫉妒如同爬满全身的隐翅虫，令她们痛苦。

"麻烦拿个塑料袋。"我麻烦正在忍受痛苦的收银员。

"五毛钱一个！"她没好气地说。

淮南　2024.02.14 17:00

168

二十分钟之前,转过街角,世界忽然喧嚣。

市里不多的商业街,春节假期的收尾,依然人满为患。几个男人险些撞到我,他们的注意力全在街边的饭店,外地口音彼此遗憾地说道:"都还没有开门。"

没有开门的饭店门前,三四个女孩子站在阳光底下,十七八岁模样,她们欢笑着在为其中的一个女孩子整理衣装。那个女孩子戴着白色的帽子,穿件白衣蓬松的毛衣,过膝长筒白袜,一双白色公主鞋。一身的白色,仿佛初雪的午夜堆就的雪人,没有染上一丝泥污。她兴奋地跳跃着,检视自己的衣装,让她的朋友帮她整理衣角,帮她提起袜筒,还有个女孩子弯下腰去,用湿纸巾细细擦去溅上鞋跟的灰土。

我走进她们身边的便利店,当我拿着一瓶大麦茶走出来的时候,听见她的朋友冲着她涨红的面孔问道:"到时间了吗?"

二十分钟之后,我从商场走出来。

商场本有这座城市最后良心般的一家独立书店,但是良心总是用来泯灭的,正如人生的善良,从童年到成年有如悬崖跳水,所以书店理所应当地倒闭了。

一楼的烘焙店生意兴隆,空气中弥漫着浓酽的香味,香味中不多的几张座椅,坐着一个男孩子,桌上两杯奶茶,托盘中满是泡芙、牛角包与蛋糕。身边的座椅上,一捧花儿,却用围巾怯懦与羞涩地把花儿掩埋起来。

他忽然站起来,看向商场大门。正是那个一身白衣的女孩子,夹杂在熙攘的人流中走过去,看着他,又低下头,双手攥着她的手机,刚整理好的袜筒又是一边高,一边低。而她的朋友,相隔几步从另一扇门走进来,仿佛并不认识,齐整整地盯着反方向的鞋店,却又忍不住好奇,忽然又一起扭头看向男孩子。

男孩子局促地笑起来,想跨出座椅的空隙来迎接她,却不小心碰撞到桌子。桌上的奶茶摇摇晃晃,这太让人尴尬了,他又忙不迭去扶奶茶,就像要稳住自己摇摇晃晃的心——虽然杯子定下来,但杯中的涟漪肯定依然有如午夜起风的海。

  我没有停住脚步,我提着商场超市买的五六根小红薯撩开门帘,走出商场。

  熙熙攘攘的世界,熙熙攘攘的阳光,熙熙攘攘的风,还有那些我们熙熙攘攘的人生之中,熙熙攘攘的过往。

  六根小红薯,两块六毛八。

  希望他们永远在一起。

淮南 2024.02.16 17:33

169

有个老太太腿脚不方便,很艰难地上来公交车,前排座位有个略年轻些的妇人起身给她让座。

老太太连声道谢,比起座位来,更让她开心的似乎是有人关注到她,于是她想和站去后门的妇人搭讪:"我年纪大了,脑子也不行了,昨天吃的什么,今天就忘了。"——我奶奶以前也总这样说。

后门的妇人并不太想搭话,只是礼貌地微笑致意。

老太太却仍不愿意放过,仍然自顾自地念叨:"昨天我的邻居问我,'吃的什么呀?'我就愣住了,怎么也想不起来。"

妇人转身朝向车门,准备下车。

"你到啦?"

到站,门开,妇人下车。

"你慢慢的呀!"

妇人自顾自走了,老太太继续她的独角戏,"她没听见……"

淮南　2024.02.27 14:21

170

今天去看望一个朋友。那会儿阳光晴好,坐在不冷的风中,看着人来人往。

我们是高中同学,而且是不多的始终保持着联系的高中同学。我觉得多亏了她的老公。她的老公是个外向的人,老家在山东,回去太远,每年春节就会到我的同学家中过年。

年初三回合肥,惯例,初二会见一面,吃顿饭。而每次的约,都是她的老公张罗,于是年前年内忽然接到他的电话,已经成为年常的一部分。

我也去合肥找过他们几次,三次吧?最后一次是和我之前的女朋友一同过去,吃完饭,夜已很深,在清冷的合肥街头游荡,不知道为什么忽然想到去看一场电影。

不大的电影院,只有我们四个人,一部关于英剧《夏洛克》的纪录片好像。我们散坐在电影院里,声音嘈杂，光影斑驳，像是晴朗的午后坐在林荫下，坐在温暖的风中。

上次的年初二聚餐，只有我们仨，吃的自助火锅。他们俩喝了酒，只好我开他们的车，载他们去空旷的河畔，辽远的烟花，辽远的灯火，火力发电厂的冷水塔庞然伫立在夜色之中。

我们说该走了，他们明天要回合肥，而我的奶奶已在弥留。只有我们独立于辽远的夜色中，一切困扰仿佛才会暂时遗忘，但我们终究还要跳上车，循着车灯的指引重返现实。

然后是无尽的防疫。去年年底，我逃去海南，终于防疫将尽，同学的老公却忽然生病。他觉得头痛欲裂，独自打车去到省内最好的医院之一，初诊是先天性脑血管畸形导致的出血，但很轻微，医生只是让观察，并未进行任何治疗。却不料一切都耽误了，紧接着第二次、第三次破裂，大量地出血，而且出血部位凶险，他陷入重度昏迷。此时再做手术，为时却已太晚。更可恨的，医院拒绝一切探视。千方百计，想尽办法，始终无能为力，直到他离开，我的同学终究没能见上他一眼。

对于我来说，那夜在河畔，已是我们的最后一面。而那夜我并不知道，我记得我回头看了一眼河堤上偷放的烟花，却没有和他说声再见。

也再不会有年初二的那场聚餐，去年我没敢打扰我的同学，今年我问她，她说她的工作太忙，可能没有时间回来。于是今天我正好去看看她。

我不记得高中的时候，我们是否曾经坐在那里，晒着太阳？但是即便曾有那么一个下午，我们也肯定不会说到几十年后，我们各自的际遇，我们各自的模样。

人这一生，有如纵身跳下悬崖，只有回望，而看不见之后坠落更深的自己。

她说时常会梦见他，还如他在时的模样，说些日常的事情，所以她相信，他一定还在某个平行世界。

那夜在河畔，那夜有烟花的河畔，是否就是现在的平行世界？

那个世界我不知道我和他此生的最后一面仅剩最后几分钟，那个世界我不知道我的奶奶十二天后就会离开——他们留在了那个世界，而我和我的同学继续向前，来到这个世界，坐在上午晴好的阳光中，坐在不冷的风中，看着与我们共在这个世界的人们人来人往。

她说到想去孟加拉国看植物,也说到未来想去旅行,我说那就以后和我一起吧,开一辆车,我载着你,还有另一个重庆的朋友,无论去哪儿。

这是个约定——我们彼此在各自平行的世界安好。

阜阳　2024.03.08　16:54

171

下午那会儿,我不想花八十块钱去买南阳府衙的门票。

当我穿过府衙修旧如新的透着刺目火气的新照壁,向东走入民主街,刹那之间,有如纵身跃下悬崖,落入过去的时空,落入过去的南阳。

枝叶摇曳着过去南阳的阳光,老箭道路口,修车铺的男人沉睡在他的躺椅上,如同自那阳光摇曳的过去一直沉睡到阳光摇曳的现在。

路旁有过去的两层铺面房,青砖与土木的,饺子馆、会馆,是过去南阳的烟火,是过去南阳的熙攘,虽然过去的主人已不知湮灭于何时何地,然而终究留下了他们的铺面,终究为现在留下了过去的身影。

我向东走到街的尽头,横亘着同样老旧的解放路,转角一株可以两人环抱的法国梧桐,树下坐着的老人缓缓起身，拄着他的拐杖走了两步，却走不了更远，于是扶着树干喘息。

我忽然觉得或许他就是坐在解放路旁法国梧桐下的民主街，他就是民主街上的所有铺面，所有的青砖与土木，所有摇曳的阳光，所有的饭馆掌柜的、会馆主事的，他与他们曾经共同青春，共同腿脚轻盈，某天下午，如我现在，轻快地从街南走到街北，然后南北穿越解放路的风吹拂身上——忽然又在某天下午老去，他探身想和转身走进民主街的街坊说句话，但是街坊走得太快，路口的风撞碎了他的那声招呼。

整个下午，我就在南阳老城游荡，漫无目的，毫无路线。

民主街、解放路，和平街、民权街、工农路，一如信阳老城街道的名称，一如在信阳老城，仿佛走在一沓泛黄的《人民日报》的字里行间。却有比信阳更加细密的文字，更多的历史建筑，毕竟南阳府，毕竟古宛城。

那么喧嚣与熙攘的老城，无处不在的小吃店、小吃摊，如果是在去年十月我减重之前，我想我绝不会错过和平街的壮馍，素油烙的壮馍，馍皮焦黄酥脆，扎实的肉馅汁水丰盈。还有，如果我不是咖啡因代谢困难，我一定会在民主街或者解放路旁的咖啡店前坐下，喝杯能让肾上腺如喷泉的无论什么咖啡。

这很好，年轻人发觉老街道之于城市的价值，于是有些新式的店面开进老式的街道，装修前卫的咖啡馆、餐馆、花店，虽然未免风格冲突，却总让老街道有了更多不被彻底夷平的可能。

解放路，年轻人坐在店前的咖啡馆对面，老黄的旧书店仍像破衣烂衫的老汉，没有任何修饰地开在本来模样的民房中。店外，路旁两架钢丝床，摆放着一些旧书，而他戴着镜片厚实的眼镜，坐在门旁看书——他是我遇到的为数不多还会读书的旧书商。

三面墙的旧书，自左而右，中医中药、书法辞典、古典文学、文玩收藏。并没有什么好书，分类与码放却极有序与仔细，显然是读书人的书架。他随我进店，开灯，问我喜欢玩些什么？我随口应句"纸片、古籍"，却无意激起他极大的兴趣，他说他也喜欢古籍，不过古籍都在家中，"有光绪的《南阳县志》，"他说，"不过只有一本，白纸精印的。"

店面是他街坊家的产业,街坊去了北京,所以让他用着开起这爿旧书店。"生意好吗?"他重新戴上摘下的眼镜,慎重地回道:"虽然不能赚大钱,但是起码比上班好些。"既不夸耀,也不谦虚,于是听起来真实。这却让我有些意外,南阳的老城之中,还能有家生意不错的旧书店,虽然"年轻人都不读书了",如同所有的老人说起年轻人,老黄同样觉得世风早已不古。

摆在店内正中的玻璃柜,下层有几本塑料袋仔细装起的民国书,老黄宝贝一样收藏着,却同样不是什么有价值的书。他慎重地拿起来,摆在路边的桌上,让我坐下细看,可我知道书的普通,我只是想和他聊会儿天。

"不耽误你时间吧?"他也不想做我的生意,他也只是想和我聊会儿天,于是他忽然问我。

"当然不会。"

"那我泡点儿茶!我这儿有好茶,还有好紫砂壶——我也玩紫砂。"

当然我推辞了,我不喝茶,更喝不出茶的好坏,我只想聊会儿天。就这样,坐在解放路边,我们说起彼此的所知,古籍、拓片、瓦当、字画,每句话都用去表盘上的一个刻度，天色渐晚，暮色渐拢。

如同老城返照的回光，黯淡下来。

那会儿，我又返身回走。走近民主街口，又遇见之前坐在法国梧桐树下的老人，右手拄拐，左手拎着他鸿毛般轻薄的塑料板凳，踽踽回返。

我们错身而过。

我如同与过去的民主街，过去的整座南阳城错身而过。

南阳　2024.03.20 21:03

172

昨天从庆城古庆阳府沿马莲河走环县，再到惠安堡，是古灵州道的一段，沿途土堡漫道，曾经也是车辚辚、马萧萧。

走到惠安堡，穿街过巷，忽然瞥见沿街店铺后土堡镂空的角楼，于是想起住在角楼下的老李。

三年前我写《榆林道》的途中，正在土堡过街楼前逡巡，老李骑着自行车经过。我向他打听道，他邀我进家喝水，我的手机电量也将告罄，想着借机可以充会儿电。

没想到老李刚领着我进家门，老李媳妇便恶狠狠地驱赶我走。后来才知道，两口子昨天才吵完架，老李一气之下喝了农药，好在不多，庆幸无虞。老李媳妇仿佛恨他未死，不依不饶，依旧对老李又打又骂，甚至当着我面直接扇了他大耳光子。

我实在看不过去，站在门外报了警。

警察答应过来调解，但是劝我离开，暂时平息老李媳妇对我的恨屋及乌。

那是我第一次遇见老李，却不想，居然也是最后一次。

昨天老李家门紧闭，我不敢贸然敲门，再惹是非，看见附近有三个老太太闲坐聊天，过去打问，老太太异口同声："老李死了！"

"怎么回事？什么时候？"我震惊不已，以为老李不堪家暴，终于成功地了结了自己，没想到一位老太太却回答："出了车祸！前年八月底？欸？八月底还是九月初？"

"八月底，八月二十几号，"另一位老太太接过话茬，然后用手比画脖颈，"头都压掉了，可怜！"

我走后的第二年，老李开着他的小三轮去收荞麦，就在离家一二十里的大小庄子，被一辆卡车撞翻碾过，当场殒命。

"好人呀，"老太太们感慨，"老李真是个好人。"

是呀，好人，前一天喝药赴死，第二天依然还愿意招待远道而来的路人，虽然知道可能又要遭遇家暴，虽然知道可能又要招来媳妇的打骂。

"才六十岁，唉。"老太太一声叹息。

我有些木然地走向我的车，老李媳妇正推门出来倒脏水，她远远地瞟了我一眼，时过境迁，肯定认不出我来，自顾自倒完水又回去，闭紧了门。

上次走出那扇门，老李还在，在媳妇的打骂声中唯唯诺诺，如今却已身在彼岸。

彼岸渺无所凭，没有家，没有荞麦，却起码也没有打骂。

再见，老李。

灵武　2024.05.03 06:57

173

卖旧货的女人六十岁，陕西华阴人，嫁给吉木萨尔土生土长的新疆汉人老公，同在哈密住了十几年，说话也有了疆普的味道。

地摊边她的熟人和她聊起他们一个共同的朋友，兰州人，七七年的，餐餐只喝啤酒，不吃饭，结果糖尿病严重到酮症酸中毒。女人义愤填膺："不听我的！都是医保害了他，非要去住院，打胰岛素！西药能相信吗？！又治不好糖尿病。"

她的熟人附和道："唉，不听劝。"

"我兰州有个空房，我让他住，然后让我儿子给他治好，他不听嘛！我儿子就是道医！"女人继续义愤填膺。

"道医？"熟人疑惑。

女人解释："就是道观里学的医，道医——我儿子学美术的，胃癌晚期都能治好。治好了几个胃癌晚期，有钱的随便给钱,没钱的就给了十万。我那里十几种中草药,我说让我儿子给他配药,他不听嘛!我们又不赚他钱,就收个中草药批发价。"

"唉,不听劝。"面对女人母子的神圣医学,他的熟人显然有些应对失据,智商和应酬双双破产,只好一味附和着埋怨他们的朋友不听劝。

"我儿子最擅长的就是拿血栓,一切病都是堵了,哪里堵了,血栓拿掉,病就好了。糖尿病给他配点儿中草药,血栓拿掉,立刻就好,他不听嘛!医保害人呀!有了医保就想去看病,以为少花钱,其实多花钱,西医能治病吗?!几服中药的事情,花不了几个钱,我们批发来便宜,又不赚他钱。"

"这两张多少钱?"我打断他,问她两张民国发奉的价格。

"四十,这张三十,这张十块,不赚钱。"

"二十,"我还价,"一张十块。"

"三十吧。"

"二十。"

"二十五。"

"二十，贵了你拿回去。"我作势递回给她。

"那就二十吧。唉，不听劝，我儿子学美术的……"她还想继续和她的熟人抱怨，结果收完钱，抬头却发现熟人悄然溜了。

她左右张望，显然有些落寞。

她在兰州某家医院住院的朋友，终于停止了喷嚏。

西安　2024.05.18　09:43

174

石家庄站，新上车与我同座的男人，五六十岁年纪，胖，花发，拎着一袋饮料和方便面，看来路途不近。

果然，列车员登记的时候，他说要到营口。

坐定，包里掏出茶杯，茶垢有年，茶色深邃。还有一双酒店的一次性拖鞋，艰难弯腰，脱下皮鞋换上，再撞开座椅靠背，沉沉睡去。

车过白洋淀，男人醒来，掏出老花眼镜端详手机上的文档，然后打电话给文档的作者——大概是他的下属。

"两个小的改动。"他说。

其一，"集团黄总"讲话的位置，大费思量，放在哪里才合适，放在谁前谁后才合适，下属肯定思虑不周，不及男人老于此道，分析得脉络清晰，领导与领导之间的级别高低、地位上下，了然于胸，于是既凸显了"集团黄总"的重要性，也没有僭越了"领导"的崇高地位。

第二,"你不要挂,"男人把手机拿到眼前,看一句说一句,"要从被动向主动……"终于念完,他压低音量,语重心长地说道,"这句话要删掉,你这样写,那我们以前的工作都成被动的了?"

我忍不住想要赞他一句"心思缜密",果然没有一根白发是白熬的,果然没有一杯酽茶是白喝的。

G1294　2024.05.24　16:49

175

我上次来三关口是去年阳历六月一日,在六郎庙和田姨聊完,回平凉在宾馆动笔开写《萧关道》"三关口",除了夜晚几个小时的睡眠,直写到第二天日暮,方才完稿。

前天固原朋友老韩来平凉参加《萧关道》的新书发布会,晚上聊起来,他说几个月前去三关口,田姨和老逯老两口已经离开了。

田姨说过要离开的,她的宝贝孙女要接她去银川过好日子。可是我始终觉得她不会走,她舍不得守庙的那点儿收入,对于很多人来说,美好的生活,无非就是总有些散碎银钱过手,不至于空乏,不至于囊中空空。

而且,还有那个孤苦无依的任老汉,我在"三关口"那章最后写道:

"如果下半年老逯和田姨去到银川,谁还去叫任老汉来吃肉食饭呢?"

却没想到她真的走了,去了银川,或者回到老家什字路,随之而走的,还有任老汉过来时的那口肉食饭。

可我今天还是想要再来看看。

庙外就听见庙里的木鱼,闻见庙里的香烟,进庙看见张灯结彩,守庙小屋里挤满了人。小屋里的格局完全变了,当间做饭的煤炉不见了,一张床改为两张铺,而田姨居然还坐在那里!

瞬间有点儿恍惚。

原来,我上次来后,三天还是四天,就像任老汉失去他的环卫工作一样,老逯也失去了他的名为"文物安全管理人"的守门人差事。上面觉得他们太老,万一有点儿闪失承担不起责任,请他们走了。

但是田姨并没有去银川,"晕车""银川太热""村里自由",她有很多理由,一年多来,一次也没有去过银川,一直住在什字路的老家。

明天,五月十三,关老爷磨刀的日子,庙会今天开始准备,田姨老两口早晨七点就赶车来到了庙里,而我恰好也是今天过来。

我本打算昨天来的,但是昨天平凉忽然下雨,从清晨到正午，风雨强留我一天。无可奈何，只得改作今天。

就像田姨攥着我的手说的："这就是我们娘儿俩的缘分吧。"

一年前，如果我晚来三四天，也就没有了《萧关道》"三关口"中田姨的故事；一年后，如果我早来一天，也就遇不见田姨，扑了空，后会更是无期。

一年一年，三关口叶绿草黄，夏雨冬雪，所有途经此地的行旅，都是三关口眨眼的过客，睁眼即成虚空。

唯有我们这些彼此记得的人，依旧彼此记得，哪怕终将别离，哪怕终将遗忘。

致终将彼此遗忘的我们。

固原三关口　　2024.06.17 11:07

后记

我喜欢观察周遭世界,我喜欢观察他人,捕捉他人的情绪。

这并非一种令人喜悦的能力,而是一种令人无奈的自卫,或许源自童年的创伤后应激障碍,唯有敏锐捕捉他人情绪,才能避免挨骂,才能避免挨打。所以我其实羡慕迟钝的人,唯有不曾经历惊惧,才能无需时刻警惕,无需警惕周遭的嘈杂,安然沉浸于自己的世界。

后来逐渐知觉,我之所以成为自由职业者,并非热爱自由,而是热爱孤独。

回避型人格,所有与人的交往,皆是负累。

作为自由职业的写作者,我却不能安坐书房写作。当然我也没有书房，但也不能安坐家中的任何角落写作，无法专注，无法起床，浑浑噩噩直到日暮，直到腹内虚空，然后起身去到夜市觅食。

那条夜市街，就在我家小区对面，穿过马路就是。卤菜、烧饼、糖馍、馄饨、稀饭、烤串、土豆片、牛肉汤、臭豆腐、鸡蛋灌饼、韭菜盒子……我曾经多么熟悉与热爱他们，直到决定减肥前的最后一刻，依然逐日逡巡其间，或者重油的油酥烧饼卷满烤肉，或者重油的鸡蛋灌饼塞满肉肠，再来一盒油炸臭豆腐，或者浓油赤酱的卤肉，步履匆匆地拎回家，铺陈饕餮。可是奶奶不在了，以前拎回家的还有馄饨与糖馍，哪怕小份的馄饨她也总说吃不完，蹒跚走去厨柜，拿来空碗，要分大半给我。

奶奶不在了，所有我曾熟悉的世界分崩离析，我越来越少回家，越来越少去夜市，看见卖馄饨的胖大姐我会难过，她或许也会奇怪我为什么忽然再也不买她家的馄饨。入夜，我会在城里漫无目的地游荡，然后随意哪家街边的小饭店凑合一餐，盖浇饭、水饺、或者各色荤素的快餐。时常太晚，等我吃完，老板起身打烊整条街。

若在旅途，我可以安坐各地的旅馆写作，似乎动荡可以给我安宁。若不在旅途,又必须写作,我只能去咖啡馆。我既不懂咖啡,也不爱咖啡,不爱一切苦味儿,不喝茶更吃不了草本蟾蜍般的苦瓜,所以去咖啡馆并不为咖啡,咖啡只是座位的花销,为的是咖啡馆中的嘈杂与动荡,而且没有一张床,唯有被迫专注于工作。

当然专注也有限,往往分神,观察周遭的他人,他人又往往过于吵闹,于是还能听见他们的言语。言语无形,所以大多他人不以吵闹为打扰,实则却似推搡,倒地不起我原本不多的专注。

这本书稿,就是我在夜市街、咖啡馆、小吃店以及他处记录的所有那些偶遇,所有我观察到的他人,以及所有他人的推搡。

虽然我自己喜欢这些记录——否则也不必记录——数年数度想要出版此书,又恐零乱与潦草,于是又数度气馁。感谢我的朋友,同为写作者的陕西人民出版社编辑晏藜,若非她的认可与接纳,所有这些记录也只能成为又一年的又一度气馁。

晏藜是陕南安康人,三月中旬我初去安康,老旧的老城区紧邻汉江南岸,老街道种满法国梧桐,像极了我家,老旧的老城区紧邻淮河南岸,老街道种满法国梧桐。我告诉她说:"我在安康呢,安康太像我家了。"许久不曾回去的她,告诉我关于安康的许多故事,告诉我安康是座铁路枢纽城市,火车站所在的汉江北岸,一切依附铁路而生,是迥异于汉江南岸的另外一个世界。而她就是属于北岸的那个世界,家人基本都在铁路系统,"我小时候在这个地方,就认为整个世界都是铁路的"。

她现在定居西安,汉江北岸换作渭河南岸,都是铁路的世界同样分崩离析。其实我的世界分崩离析之前,我也可以安坐家中写作,安坐在我那间连通阳台的狭小卧室,一张半米宽的板床,一张电脑桌,之间勉强塞下一把木椅。奶奶偶尔拎张小凳坐我身边,沉默不语,她逐渐听不见周遭世界的吵闹。

晴暖的午后,她会打开木门,放攀上阳台的阳光进屋。

西安　2025.07.25　17:40

图书在版编目（CIP）数据

所有那些偶遇 / 胡成著. -- 西安：陕西人民出版社，2025. -- ISBN 978-7-224-15863-2

Ⅰ.I267

中国国家版本馆CIP数据核字第2025YY0435号

出 品 人：赵小峰
总 策 划：关　宁
出版统筹：彭　莘
策划编辑：晏　藜　姜一慧
责任编辑：晏　藜　刘润天
整体设计：胡　成　蒲梦雅
封面摄影：胡　成

所有那些偶遇
SUOYOU NAXIE OUYU

作　　者	胡　成
出版发行	陕西人民出版社
	（西安市北大街147号　邮编：710003）
印　　刷	陕西隆昌印刷有限公司
开　　本	889毫米×1194毫米　1/32
印　　张	11.5
字　　数	126千字
版　　次	2025年8月第1版
印　　次	2025年9月第2次印刷
书　　号	ISBN 978-7-224-15863-2
定　　价	58.00元

如有印装质量问题，请与本社联系调换。电话：029-87205094